文庫JA

〈JA1105〉

見晴らしのいい密室

小林泰三

早川書房

7153

目　次

見晴らしのいい密室

見晴らしのいい密室

1

わたしはここに一人の驚くべき探偵についての報告を行う。故あって、彼の本名を明かすことはできないが、仮にイニシャルでΣ《シグマ》と呼ぶことでお許しいただきたい。

Σは生来の探偵である。彼ほどの頭脳があればどのような職業に就こうとも必ず成功したに違いないが、彼は敢えて探偵という労多くして実入りの少ない職業を選んだ。しかも、彼は浮気調査などといった類の仕事はいっさい引きうけなかった。彼が携わるのは警察がお手上げになるような難事件のみと決まっていた。それも話を聞いただけで、見当がつくもの――とは言っても、彼以外には解決不能であるのだが――は相手にしなかった。事件の詳細を聞いて、なおかつ、合理的な解決が存在しないような事件に対してのみ彼は行動を開始する。

事件のほとんどは警察の関係者から齎《もたら》される。したがって、全くの無報酬である場合が大半を占めた。つまり、彼はボランティアで探偵業を営んでいることになる。彼ほどの才能の持ち主が食うや食わずの状態にあるのは由々《ゆゆ》しき事態である。彼の数少ない友人の一人であるわたしはある夜、彼の身を思い、意を決して助言した。「君はもっと容易で収入に繋がる仕事を探したほうがよいのではないだろうか？」

「なぜ？」Σは切れ長の目を鋭く輝かせた。

「君ほどの才能の持ち主が警部たちにいいように扱われて平気なのか？」

「警部は僕をいいように扱っているのかい？」

「とぼけるのはよしてくれ！」わたしは苛立った。「この前、君が不可能犯罪を解決した時だって、警部は一言礼を言っただけだったじゃないか」

「今の君の発言に対し、二点ほど論評させてくれないか？」Σは涼しげに言った。

「ああ。いいとも！」わたしは深呼吸をして興奮を抑えた。

「まず、一点目だ。僕は不可能犯罪など解決した覚えはない」

「あれは紛《まぎ》れもない不可能犯罪だった。なにしろ、遺体は鍵《かぎ》の掛かった屋上で発見されたんだからね。壁伝いに昇ることは建物の構造上、不可能だったし、屋上へのドアの鍵は何年も前から壊れていて、警察が壊すまでは開けられた形跡がなかったのだから」

「確かに、壁伝いに昇ることや、屋上へのドアを開けることは不可能だったかもしれない」Σは欠伸《あくび》をした。「しかし、犯罪自体は不可能ではなかった。この二つの事柄を混同してはいけない」

「どう違うのか、全然わからんよ」

「まるっきり違う。そもそも言葉の定義から言って、不可能なことは実行できない。もし、実行できたのなら、それは不可能ではなかったということだ」

「確かに理屈の上ではそうだが……」

「理屈は重要だ。あの事件は不可能犯罪ではなかった。単に自分が真相を思いつかないというだけで、すぐに不可能犯罪などと言い出すのは悪い癖だ。不可能犯罪など存在しない。もし誰かが不可能犯罪などと言い出したら、そいつの言う『不可能犯罪』は不可能でなかったか、犯罪でなかったかだ」

「わかった。不可能犯罪の話はこれで打ちきりにしよう。不可能犯罪は実在しないということで構わないよ」

Σはにこりと笑った。「では、二つ目だ。僕が事件を解決して、警部が礼を言った。こいつのどこがいけない？」

「いけないというわけではない。ただ、警部は他にやりようがあっただろうということだ。君が解決しなかったら、事件は迷宮入りして警部の不始末になったはずだった。しかし、実際は事件は無事解決して、警部の手柄になってしまった」

「だから？」

「『だから』だって？　君は悔しくないのかい？」

「全然」

「それは呆れた話だ!!」わたしはつい声を荒らげてしまった。

「君は警部が得をして僕が損をしたと思っているんだろ」

「思っているだけではない。事実だ」

「事実などという言葉を軽々しく口にしてはいけない。それはたいていの場合、事実でもなんでもないからね。そして、今の君の発言ももちろん事実ではない」

「だって、現に君は一円たりとも警部から報酬を貰《もら》ってない」

「安月給の警部から、いったいどれだけの金が搾り取れるというのかね？　彼に金をせびるのは現実的とは言いがたい」

「しかし、君は仕事に対する報酬を要求すべきだ」

Σは微笑んだ。「報酬なら貰っている」

「だって、今さっき君は警部から金を受け取るのは現実的ではないと言ったばかり……」

「報酬といっても金のことではない。僕にとっては事件そのものが報酬なのだ」

「何を馬鹿なことを。どうして事件が報酬などでありうるんだ？」

「もちろん、並みの事件では駄目だ。飛びきりの難事件でなくては……」Σはうっとりと目を細めた。「警部が持ってくる事件のほとんどは月並みなものだ。頭脳を使うまでもなく、脊髄反射だけで答えられそうなものばかりだ。だが、ごく稀《まれ》に素晴らしく芳醇な香りを混えた事件を携えてくる。そんな時の彼は神々しくて、僕の目には後光が射しているように見える。そう。甘い匂いを発する事件そのものが僕にとっては充分な報酬なのさ」

「本気で言ってるのか？」

「ああ。素晴らしい事件を持ってきてくれた時なんか、こっちから金を渡してもいいとまで思っている」

「おいおい」

「もちろん、警部は受け取らないだろうが」

「もったいない。君は宝の山をみすみす捨てているんだよ」

「君はわかってないよ。僕にとって、難事件こそが宝……。おや？　誰か訪ねてきたようだぞ」

玄関を開けると、そこには泣きそうな顔をした警部が突っ立っていた。「Σ君、わしの手には負えない事件が起きた。全くお手上げだ。すぐに来て欲しい」

「まずはお話をお伺いしましょう」Σの目が生き生きと輝いた。

「核シェルター？　何ですか、それは？」わたしはすっとんきょうな声を上げた。

「今どき知らんやつも珍しい。核攻撃を受けた時に生き延びるために入る防空壕だ」

「核攻撃を受けたら、防空壕ごときでは焼け石に水でしょう」

「わざわざ核シェルターというからには、普通の防空壕とは出来が違う。ぶ厚い壁の潜水艦のような入れ物を地中に埋め込むんだ。もちろん入り口は一つあるが、そこ以外からの出入りは不可能だ。中には食料や水が備蓄できるようになっていて、一人なら何ヶ月も生活できる」

「空気はどうなっているんですか?」

「空気だけは備蓄できないが、中には酸素ボンベがあって核攻撃の直後には一時的にそれで賄《まかな》う。その後は特殊な濾過器《ろか》を使って、地上の空気を清浄化して、内部に取り入れる仕組みになっとる」

「つまり、地上への換気口があるわけですね」

「そうだ。ただし、腕一本通すこともできないので抜け道にはならないよ。他にも地上と通じた電話線があるが、これも同じ換気口を通っている」

「核シェルターについての詳しい話は現場で聞きましょう」Σはわれわれの会話に口を挟んだ。「何の見落としもなく、口頭で必要な情報を伝えるのは所詮無理な話ですから」

警部はぽかんと口を半開きにした。「……ああ。確かにそうだ。ここで枝葉末節に拘《こだわ》っても仕方がない。まずは事件の大筋を説明しなくてはならなかった。被害者は資産家の大虎権造《おおとらごんぞう》。年齢は五十歳だ。彼は米国から核シェルターを購入して、自分の家の庭に埋めたんだ。そして、何を思ったか、シェルターの機能を確認するために、そこにたった一人で籠《こも》ると言い出したんだ。シェルターに入ったのは一週間前だ。毎日何度か大虎から地上の屋敷に電話連絡があったんだが、今朝の電話の様子がおかしかったので……」

「事件は警部自身が体験された順番で説明してください」Σは話を遮《さえぎ》った。「主観に囚われるのを防ぐために、警察に通報されたところから」

Σは事件が起きたところから話すことは好まない。事件に警察が関与する以前に起きたことは何一つ確実ではないと考えているのだ。――もちろん、警察が関与したあとでも確実なことはないが、信頼度が違う。いつ、どこで、誰に、何が起きたか、はすべて確実な証拠に基づいて、推理しなくてはならない。それを自分勝手な思い込みで事件を組み立ててしまうために、錯覚を起こすのだ。未解決事件のほとんどはそんな思い込みが原因だというのがΣの持論だった。

「大虎氏が自らシェルターに籠ると言い出したのを警察が直接聞いたのではないのでしょう。昨日まで毎日電話があったことも。それは誰かの証言に過ぎない。わたしは客観的な事実だけから推理を組み上げたいのです」

「ああ。そうだったね。ええと、通報してきたのは大虎の妻、良子《よしこ》。二十八歳だ」

「随分、若いですね」わたしは興味深く思った。「遺産は彼女が相続するのですか？」

「一般的にはそういうことになる。遺言状があった場合、話は別だがね」

「相続関係の話は後にしてください」Σは事務的に言った。

「とにかく、奥方によると、今朝の六時に大虎から切羽詰《せっぱつ》まった電話が掛かってきたというんだ。内容は『やつらが来た。俺がなんとかここで食いとめているから、おまえはその間に逃げろ』というものだったらしい。すると、突然ばたばたと激しい物音が響いてその後、耳を覆いたくなるような音が聞こえたと言っていた。まるで、湿った何かをへし折るような。奥方は怯えながら何度も大虎の名前を呼び続けた。しかし、返事はなかった。そして、五分ほど経った後、ぽつりと電話から声が聞こえたそうだ。『馬鹿め。大虎は死んだぞ』

「大虎の声ではなかったのですか？」

「聞いたこともない声だったらしい」

「それから？」

「通報を受けて駆け付けたわれわれは電話での呼び掛けを続けながら、核シェルターの入り口を抉《こ》じ開けようとしたが、どうにもこうにも頑丈すぎて歯が立たない。結局、本庁に特殊部隊の応援を要請して、入り口を開けられたのは五時間後だった。三重のエアロックになっていて、そう簡単に開けられるものではなかった」

「開けるのは簡単ではないとして、閉じるのはどうですか？　侵入者が大虎氏と顔見知りなら、堂々と入り口から入って、大虎氏を殺害後、何食わぬ顔をしてエアロックを閉じたのかもしれませんよ」

「専門家によると、閉めるのは簡単だそうだ。しかし、ものがものだけに三重のエアロックはどれも外からの開け閉めはいっさいできない構造になっている。さらにシェルターの入り口は庭の目立つところにあったことからも、妻や屋敷の使用人、そして近隣住人に気づかれずに出入りすることは不可能だろう」

「中の様子は？」

「綺麗に整理整頓されていた。食料や水は一週間分だけ減っていたが、このことに不審点はない。空気にも特に有害な成分は検出されなかった。ただ、酷《ひど》い悪臭がしていたがね」

「悪臭の源は？」

「大虎だ」

「大虎氏は臭かったんですか？」

「生前はさほどでもなかったらしい。臭くなったのは死んだ後だ。まあ、胃腸の中身をぶちまけたりしたら、悪臭のしないやつなんておらんだろうがね」

「なぜ胃腸の中身が撒かれていたりしたんですか？」

「胴体が切断されていたからだ」

　わたしは顔を顰《しか》めた。

「凶器は？」Σは眉《まゆ》一つ動かさず、質問した。

「発見されなかった。最初から凶器などなかったのかもしれない」

「奇妙な話ですね。どういうことですか？」

「大虎の胴体は捻り切られていたのだ。ちょうど雑巾を絞ったように」

「確認しますが、出入り口は三重のエアロックだけだったんですね」

　警部は頷《うなず》いた。

　Σは腕組みをし、目を瞑《つむ》った。まだ、彼はこの事件を価値あるものとして認めたわけではない。血相を変えて飛び込んできた警部の話を聞いた後、瞑想を始めるのはいつものことだった。たいてい、二、三分後には目を開き、一言こういうのだ。「残念だが、この事件には魅力はない」そして、つまらなそうに犯人と犯行の経緯を一通り話す。そして、欠伸をしながら警部を送り返すのが、お定まりの展開だった。

しかし、今回は違った。一時間に及ぶ瞑想の後、Σは突然立ち上がった。「警部、現場に連れていってください。この事件は素晴らしい」

大虎良子は年齢のわりには落ち着いた様子の、和服の似合う女性だったが、顔は死人のように青ざめていた。

「では、遺体はご主人のものに間違いはなかったのですね」Σは鋭い言葉を投げ付ける。

「ええ」良子は消え入りそうな声で答えた。

「ご主人がシェルターに入られたのは確かに確認されたのですか？」

「はい。わたし以外にも大勢のお友達の前で入りました」

「時々、ご主人がシェルターから抜け出していたということはありませんか？」

「開け閉めの時には結構大きな音がしますから、わたしと使用人の誰もが気づかないということはないと思います。この一週間、完全に留守になったことは一度もなく、いつも二、三人はこの屋敷におりました」

Σはちらりと警部の方を見た。

警部は慌てて付け加える。「シェルターに入ったのが大虎氏だということも、シェルターからの出入りがなかったことも裏が取れている」

「奥さんへの質問はこれで充分です」Σは断言した。「次はシェルターを見せてください」

「おいおい」わたしはΣに耳打ちをした。「遺産のことや遺言のことは訊かなくていいのかい？」

「そのようなことには興味がない」

「しかし、殺人の動機にはなり得る」

「動機など瑣末なことだ。僕にはこれが殺人なのかどうか、そして殺人だとしたらどうして
それが実行できたのか、ということにしか興味がない」

「しかし、動機と手段と機会が揃わなくては、容疑者を絞り込めない」

「犯人などどうでもいい」Σは大股で庭へと向かった。

「目星はつきそうかね？」警部は不安そうに尋ねる。

「ええ。すでに仮説は出来上がっています。その仮説では奥さんは犯人ではありません」

「では、誰なんだ？」

「犯人の名を挙げるのは確証を得てからにしたいと思います」

「では、やはり事故ではないんだな」

「それは結構難しい質問ですね。しかし、事故かどうかと問われると事故ではないとしか言
いようがありませんね」

「そんなことを言いきっていいのかい？　君はとても重要なことを言ってるんだよ。事故で
ないとすれば、犯罪だということになる」

「なぜ、そうなるんだ？」Σは目を丸くした。

「じゃあ、自殺だとでも言うのか？」

「誰が自殺したと？」

「大虎権造だ」

「まさか！」Σは吐き捨てるように言った。

全く理解に苦しむ。Σは、人一人が死んでいるにもかかわらず、事故でも殺人でも自殺でもないと言っているのだ。しかし、そんなことがあり得るものだろうか？

「君の言葉はとても奇妙に思える。まるで超常現象が起きたとでも言ってるようにね。まあ、超常現象とは言わないまでも非常に稀な現象が起きたことだけは間違いないだろうが」

「ところが僕の推理が正しければ、起きた、もしくは起きているのはごく普通の日常茶飯事の現象だ。『現象』などという大げさな言い方が気恥ずかしくなるぐらいのね。……これがシェルターか、確かに頑丈な造りをしている」Σは拳でハッチを軽く叩いた。鈍い音が響く。

「警部、中に入っていいかな？」

「もちろんだ」

警部が言い終わらないうちに、Σは中に入っていた。わたしと警部も後に続く。

照明こそ明るかったが、中はかなり狭かった。大人三人が立っているのがやっとだ。これでは犯人が隠れる場所や抜け穴が存在する余地はない。と、警部がバランスを崩して壁にある何かのスイッチに触れてしまった。突然、ベルの音が鳴り響く。警報機だったらしい。警部はなんとか止めようとしたが、どうにもならなかった。

「ふふふ」Σは笑った。

「どうして、笑うんだ？　捜査が完全に行き詰まってしまったというのに」

「行き詰まっただって？　とんでもない。僕の仮説は完全に証明されたよ。最後の詰めはこの音だ」

「えっ？　じゃあ……」

「事件は解決した。もっとも、事件というほどのことではないんだが」

「しかし、大虎氏が殺されたんだから、事件には違いないだろう」

「大虎氏って誰だい？……いや。失礼。順を追って説明しなければ、君たちにはちんぷんかんぷんだろうね」Σは笑いを堪《こら》える動作をした。「まず状況を整理してみよう。起こったことは何だろう？」

「密室殺人」

「その通りだ」

「しかし、君の持論によると、密室殺人などということはあり得ないはずじゃなかったのか？」

「確かに、密室殺人などあり得ない。密室殺人のように見えるものは、密室でないか、殺人でないか、どちらかなんだ」

「では、今回は？」

「密室でも殺人でもない」Σは涼しい顔で言った。

「冗談はよしてくれ」

「いや。冗談ではない。この事件の特徴は非常に不合理に見えることだ」

わたしと警部は同時に頷いた。

「それも極めて完璧にだ」Σは続ける。「しかし、それがどんなに不合理に見えても、合理的な説明は必ずつく。ところで、どうしても合理的な説明がつかない事柄を君ならどう説明する？」

「質問自体に矛盾が含まれているようだけど」

「では、具体的な例を挙げよう。ある日、君が新聞を買うと、昨日一日の間に日本で三億六千万件の殺人事件があったと書いてあったとする。こんな事件があったとしたら、随分不合理ではないだろうか？」

「とても不合理だ」

「君ならどう説明する？」

「説明するも何もそんなことはあり得ない」

「いや。あり得るんだ」Σは懐から新聞を取り出した。「ここにちゃんと記事が載っている」

確かにそこには、今Σが言った通りの記事が書かれていた。

「これは偽新聞だろ。今どき子供でもこんな悪戯には引っ掛からない」

「その通り。君は今、不合理極まりない事件を合理的に説明した」

「ちょっと待ってくれ」わたしはすっかり混乱してしまった。「この新聞記事は単に記事が不合理というだけだ。今回は事件そのものが不合理なんだから、話が違う」

「何も違わないよ」Σは自信たっぷりに言った。「もし君がこの新聞記事の内容を信じたなら、君は不合理な事件に首を捻ったことだろう。そして、今君はこの不合理な密室殺人事件が本当に起こったと信じて首を捻っている」

「では、この事件はでっち上げだというのかい？」

「誰かが意図的に嘘を吐《つ》いたわけではないから、でっち上げというのは言いすぎだ。むしろ、錯覚や誤謬《ごびゅう》に近い。この記事のように完全に常軌を逸していたなら、僕はすぐに結論を出していただろう。しかし、警部の話を聞いた時点では、僅かだが実際の犯罪である可能性も残っていた。だから、僕はこうして現地に赴いて、実際にそのような犯罪が起こり得ないことを確認する必要があったんだ。密室殺人など起こっていなかったのだよ」

「でも――この事件が誰かの誤謬だとして――誰がそんな錯覚をしてしまったんだい？」

「では、この新聞記事の例から類推してみよう。この場合、誰が間違ったのだろう？」

「意図的かどうかはわからないが、この記事を書いた記者が怪しいね」

「そう。もちろん、編集や印刷の現場で記事に手を加えることのできる人間は多いだろうが、最も怪しいのは記者だ。なぜなら、この三億六千万人殺人事件の情報はこの記事のみであり、その情報はすべて記者を通して伝えられているからだ。つまり、この記者のようにすべての情報を握る人間が原因と考えていいだろう」

「じゃあ、やはりあの奥さんが……」

Σは首を振った。「彼女は犯人ではないと言っただろ。大虎氏がシェルターに入ったことを確認した人間が大勢いることは警察が確認しているし、遺体の検視も行われている。彼女以外から得られた情報は多い」

「ということはつまり……」わたしは警部を見つめた。「今回の事件の情報はすべて警察を通じて与えられています。つまり、これは警察が仕組んだ事件だったのですね」

警部はうろたえた。「待ってくれ。わしはそんなことなど何もしとらんよ」

「君、早まってはいけないよ」Σはわたしを窘《たしな》めた。「すべてが警察のでっち上げだという可能性はゼロではない。しかし、これだけ大勢の人間が関わってなおかつ情報の統制がとれているというなら、それこそ奇跡だ。一つの不合理を捨てるために、別の不合理を採用するのはどんなものだろうか？」

「じゃあ、原因となった人物はいったい誰なんだ？　そんな人物はいそうにない」

「いいや。新聞記者に相当する人物はただ一人だけいる」

「誰だ？」

「君だよ」

「わたしが？　どうして、そんなことになるんだよ」

「すべての情報は君を通るからだ。この事件の情報は警部の話にしても被害者の妻の証言にしても、現場の状況にしても、すべて君の主観で捉えられたものばかりだ」

「何を言ってるんだ？　君だって、わたしと同じものを見たり聞いたりしてるじゃないか！」

「それも君がそう感じているだけだ。君は、今ここに僕と警部がいて、一緒に事件を捜査していると思ってるんだろ」

「なんだって、そんな……事件を捜査していること自体真実でないとしたら、まるでこれは……」わたしは声を絞り出した。「夢みたいじゃないか」

「夢みたいなんじゃなくて、夢なんだよ」Σは平然と言った。「どう考えても理屈に合わないことがあったら、まずそれを最初に疑わなくちゃ。ほっぺたを抓《つね》ってごらん」

わたしは頬《ほお》を抓った。痛くなかった。

「なっ！」Σは誇らしげに言った。「さっきから鳴っているこの音にも聞き覚えがないかい？」

確かに。これはわたしの目覚まし時計の音だ。

「Q・E・D・」Σは宣言した。

「新記録だ。こんなに早く、見事に事件を解決するとは！」警部の喜びの声がだんだん遠くなる。

ゆっくりと目を開けると、そこは布団の中だった。

さすがはΣだ。論理に一分の隙《すき》もない。

目覚まし時計に手を伸ばしながら、わたしはあらためてΣの推理力に感服した。

2

わたしの友人Σ——故あって、名を明かすことができず、イニシャルのみを示すことをお許しいただきたい——は不世出の名探偵である。実在の探偵、架空の探偵を問わず、彼以上の能力を持つ者をわたしは知らない。

わたしを含め、彼を知るものたちは密かに彼のことを超限探偵と呼んでいる。ただし、このことは彼自身には秘密だ。もし彼がこのことを知ったら、「無限の属性を示す言葉で人間を修飾するのはナンセンスだ」と鼻先で笑うかもしれない。

その日、わたしは彼の家を訪れ、雑談に興じていた。そんな折り、わたしはふと思い付いた言葉を彼に投げ掛けた。「この間も言ったけど、君はもう少し収入を見込める職業についたほうがいいと思うよ」

「えっ、何だって？　どういう意味だい、そりゃ」

「君の収入が君の才能に比して、少ないということだ」

「君がそう言いたいということはわかってるよ。僕が訊きたいのは、『この間も言ったけど』のほうだ」

「文字通りの意味だ。この間もわたしは君に言っただろ？」

「いいや。初めて聞く」

「おっと。そうだったかな。そういやあ、あれは夢だったかも……」

「なんだ。夢の話か。夢なんかには興味はない。なにしろ、論理が通用しないからね。僕の守備範囲じゃない」

「とにかく、君は警部との付き合いをやめてだな……」

「おっと、誰か来たようだ」

Σがドアを開けると、警部が飛び込んできた。「Σ君、わしの手には負えない事件が起きた。全くお手上げだ。すぐに来て欲しい」

「まずはお話をお伺いしましょう」Σの目が生き生きと輝いた。

「こんな事件は初めてだ。被害者は大虎権造という資産家だ」

「大虎権造！」わたしは叫んでしまった。

警部とΣはわたしの方を見た。

「知ってるのかね？」

「ええ。夢でその名を……」

「なんだ。夢か」警部の顔にありありと失望の色が浮かんだ。「とにかく、その資産家は自宅の庭に作った密室の中で殺されたんだ」

「知っています！」わたしはまたもや叫んでしまった。「核シェルターの中でしょう」

「核シェルター？　なんだ、そりゃ？」警部は不審そうにわたしを見つめた。

「聞いたかい、Σ？　警部は今どき、核シェルターも知らないらしい」わたしは得意げにΣに言った。

「悪いんだが」Σは淡々と言った。「僕もその『核シェルター』ってやつは初耳だ。どういうものなんだい？」

「えっ？」わたしは混乱して額を押さえた。「この前、夢で警部から……」

「なんだ。夢か」警部はわたしへの興味を失ったようだった。「大虎は自宅の庭に大きな柩《ひつぎ》を埋めたんだ。道楽で手品をやってたらしいんだが、新しい脱出マジックを思い付いたとかで、知り合いを集めて披露したんだそうだ。庭の真ん中に大きな穴を掘って、その中に柩を置いて、さらにその中に自分が入って、上からショベルカーで土を被せたんだ」

「ごく普通の脱出トリックのように聞こえますね」

「ところが、招待された知人の中には手品師が大勢いて、全員が単純なトリックではないと言っているんだ」

「単純ではないとは、どういう意味ですか？」

「つまり、トリックがあるようには見えなかったらしいんだ。そして、大虎が埋められてから、数十分が経ってもいっこうに脱出の気配がなかったので、観客たちは慌てて柩を掘り起こしたんだ。中には大虎氏の遺体があった」

「なるほど。しかし、それでは殺人とは言えないでしょう」

「どうして、殺人じゃないと思うのかね？」

「脱出トリックに失敗して生き埋めになったんだから、それは単なる事故ではないですか？」

「通報があった時、わしもそう思った。だが、事故とは考えられないんだ」

「何か理由でもあるんですか？」

「大虎氏は全身数十ヶ所に刺し傷があったんだ。それも一つ一つがかなり深い」

「自分で刺したのでは？」

「刺し傷の一つは目から脳へと貫通するものだった」

「それが致命傷ですね」

「ところが、そうとも言いきれん。別の刺し傷は胸から心臓に達していたし、さらに別の刺し傷は頸動脈を切り裂いていた。自殺ではあり得ない。自殺なら急所への刺し傷は一ヶ所のはずだ。なにしろ、最初の一刺しで動けなくなっちまうだろうからな。しかも、柩の中には凶器は見つからなかった」

「柩に入る前にすでに刺されていたという可能性はありませんか？」

「大虎は全員の目の前で柩に入った。刺されていたなら、すでに死んでいただろう。仮に、皆の目の前で柩に入ったのが替え玉だったとしても、辻褄《つじつま》が合わない。埋められた柩の中で本物と贋物が入れ替わる余地などなかったはずだからだ」

Σは目を閉じ、腕組みをしてたっぷり一時間は考え込んだ。そして、突然目を見開いた。

「この件を引き受けさせてもらうことにします。これはとても魅惑的な事件ですよ。まず、殺害現場に連れていってください」

大虎氏の屋敷の庭にぽっかりと巨大な穴が穿《うが》たれていた。そして、その中に大きな柩が置かれている。蓋は無造作に引き剝《は》がされて、その内部は血みどろだった。

「死亡推定時刻は？」

「埋められた後、掘り出されるまでの間だ。救急隊が到着した時点ではまだ死亡直後だった」

Σは柩の中に足を踏み入れ、しゃがんであちこち調べ始めた。「本当になんの仕掛けもないようですね」

「わしも二重底ぐらいはあるかと思っていたんだが。いったい、大虎はどんなトリックを使うつもりだったのだろう？」警部は今にも泣き出しそうな顔になった。「最初はてっきり誰かが柩をすりかえて、脱出の代わりに刺殺が起こるように仕組んだと思ったんだが、ご覧の通りなんの仕掛けもない」

「非常に奇妙に見えますね。全く理屈に合わない。まるで超常現象が起きたように」

「君ともあろうものが、何ということを言うんだ！　いくら推理に行き詰まったからといって、超常現象だなんて……」

「ちょっと待ってください、警部」Σは冷ややかに言った。「僕はこれを超常現象だなんて、一言も言ってやしませんよ。それに推理にも行き詰まってません。もう答えは出たも同然です」

「おいおい。捜査はもう少し続けてもいいんじゃないか？」わたしはΣが少し自信過剰に思えたのだ。「家族への事情聴取もまだじゃないか？　若い奥さんから話ぐらい聞いてもいいんじゃないか？」

「おや？　どうして君は、大虎氏の奥さんが若いと知ってるのかね？」

「いやだなあ。警部が教えてくれたんじゃないですか。年は二十八歳で、名前は良子だと」

「いいや。君に教えた覚えはない」警部はΣの方に向き直った。「Σ君、君はずっとわれわれと一緒だった。わしは彼に大虎氏の妻の話をしただろうか？」

「いいえ。大虎氏の妻のことはわたしも今初めて聞きました」Σはわたしの目を見つめた。

「君はなぜ大虎氏の妻の名前と年齢を知っているんだろう？」

「それは、つまり……」わたしは思わず言い淀んでしまった。なぜ自分が大虎氏の妻の名前を知っていたかを思い出し、しかもそれを口にしても信じてもらえないだろうと直感したからだ。

「正直に言うんだ」Σは静かに言った。

「つまり、その夢で……」

「はっ！　また夢か！」警部は舌打ちした。「さっきから、君は夢だ、夢だと言い続けているが、いったいどういうつもりなんだ？　わしらをからかっているつもりか？　それとも本当にいかれちまったのか？」

「待ってください、警部」Σは警部を押し留めた。「彼の言ったことには重要な意味がありそうです。彼が本来知り得ないはずのことを夢で知ることができたとしたら、どうですか？」

「馬鹿馬鹿しい。仮に彼が嘘を吐いていなかったとしても、おおかたどこかで大虎とその若い細君のことを聞き及んでいたのだろう。それがたまたま夢に出ただけだ。だいいち、核シェルターなんてもののことはどう説明するね？　そんなもの存在しないのに」

「核シェルターは純粋に夢の産物だったのでしょう。しかし、大虎氏や細君の名前や年齢を夢で見た直後に、まさにその本人が殺害された事件に関与するというのは不自然だと思いませんか？」

「確かにそう言われてみると……」警部はしばらく首を捻ってから、突如目を剝《む》いた。「まさか、君がこの事件の……」

「彼は犯人ではありませんよ」Σは微笑んだ。「よく考えてください。不合理なことは彼の夢だけではありませんよ。大虎氏はこの上もない完全な密室の中で明らかに他殺されています。警部、あなたは合理的な説明ができますか？」

警部は首を振った。

「では、この現象を合理的に説明できるような人物に心当たりはありますか？」

「いない。いや。一人だけいる。もしこの事件の真相を究明できるものがいるとしたら、それは、Σ君、君に他ならない」

「警部はなかなかの洞察力をお持ちだ」Σは誇らしげに言った。

「ということは君はもう犯人の目星がついたということか？」

「犯人の目星はまだです。ただし、トリックの解明はすでに終了しています」

「じらさないでくれ」警部は縋《すが》りつくような目で訴えた。

「この事件の鍵はどう考えても合理的に説明のつかない現象が起きたということです。迷信深い人間なら、超常現象だと考えてしまったかもしれません。しかし、われわれは近代的合理精神を身につけている。奇妙な現象が起きたからといって、霊だの呪いだのと思考停止することは許されません。では、不合理極まりない現象を説明する合理的な答えはなんでしょう？」

「夢だ！」わたしは思わず叫んでしまった。

警部が睨《にら》みつけていた。「いったい全体なんだって、君は……」

「もちろん、夢である可能性はこのような場合、最初に考慮すべきだ。そして、それは簡単に検証できる」Σは自らの頬を抓った。「検証は終わった。これは夢ではない」

「そんなの何の証明にもなっていないのじゃないか？」わたしは思ったことを言った。「わたしが夢を見ているとしたらどうだ？　わたしは今、君が頬を抓って痛がっている夢を見ているのかもしれないじゃないか？」

「僕はこの世界が君の夢であるという可能性は全く考慮していない。僕自身に意識があることで、君の夢でないことは僕にとっては自明だったからだ。もちろん、君の立場に立てば僕の夢でないことは自明なので、僕がやった検証は無駄に見えたのかもしれない。だったら、自分自身で検証するしかない。さあ、自分の頬を抓りたまえ」

わたしは頬を抓った。痛みが走った。

「警部も検証されますか?」

「馬鹿馬鹿しい。自分が起きていることぐらいわかっとる」

「てっきり自分が起きていると思い込んでいる夢を見たことはありませんか? まあ、いいでしょう。無理にとは言いません」Σは咳払いをした。「さて、明らかに自然法則に反する現象が起き、夢でないこともわかっています。残された合理的な説明はなんでしょうか?」

警部とわたしは顔を見合わせた。皆目見当もつかない。

「それは仮想現実です」

「仮想現実? いったいそりゃなんだ?」

「電子計算機の記録空間内に形成された仮想の世界です。しかし、その中に住む人格にとって、仮想世界は現実の世界と区別がつかないのです。そして、仮想世界はプログラムで制御されているため、プログラム上のエラーや電子計算機外からの人為的な干渉があった場合、自然法則に反した現象が起こるのです。これが現状を合理的に説明し得る唯一の仮説です」

「馬鹿な。君はわれわれが架空世界の住人だと言うつもりなのか?」

「架空ではなく仮想です」Σは冷静に訂正した後、宙に向かって叫んだ。「さあ、正体を現すがいい。われわれを監視しているのはわかっているんだ」

「おい。いったい何を言い出すんだ？」警部の顔が青くなった。

「今回の現象がエラーによるものだとは思えません。不合理なことが出鱈目《でたらめ》に起きているのではなく、ある種のシナリオにそって密室殺人が行われたように見えます。つまり、誰かがこの仮想現実に干渉して演出しているはずです。そして、そのようなことをした人物がその事件に関与する者を観察するのは自然なことです」

Σの言葉は一見荒唐無稽のように思える。しかし、それが現状を説明し得る唯一の仮説であることも確かだ。論理は完璧で一分の隙もない。わたしはあらためてΣの推理力に感服した。

その時、空中に差し渡し一メートルはあろうかという首が現れた。よく見ると、首の形状は粗い多面体になっていて、その各面には立体的な絵が貼りつけてあるようだった。

「よくぞ、見破った」首から発せられた威厳ある声は周囲に響き渡った。「君の推理通り、この世界はわれわれが創りだした仮想世界なのだ」

わたしと警部は声も出せず、大首を見つめた。

「Q・E・D・」Σは淡々と言った。「ところであなたの目的は何なんだ？」

「人類は今とてつもない危機にさらされている」首が言った。

「『今』っていつだ？」警部が尋ねた。

首は警部の質問を無視して話し続ける。「われわれは、この危機を乗り越えるためには完全に論理的で客観的な観察が行える超知性が必要だと悟ったのだ。われわれはそのような知性が仮想世界の中に生まれるのを待っていた。そして、今漸《ようや》く成果が得られたのだ。さあ、Σ君、われわれの世界に来てくれ」

「やれやれ」Σは欠伸をした。「こっちでも、あっちでも、みんな僕に山積みの問題を解決させようとするんだ。もっとも、それが検討に値する問題なら、僕は世界を移動する労は厭《いと》わないけどね。じゃ、ちょっと話を聞きにいってくるよ」

Σは光に包まれたかと思うと、わたしと警部の前から姿を消した。わたしたち二人は互いに無言で顔を見合わせ、肩を竦《すく》めた。Σはしばらく戻ってこないだろう。面白いものを見つけたら、いつもこうだ。

もちろん、今回報告した事件がΣにとって特に難解な事件だったというわけではない。この程度の些細な事件の解決などΣにとっては朝飯前だ。

今は差し障りがあって言えないが、いつかそのうち、Σが本当の難事件を解決した話をいくつか披露しようと思っている。

目を擦る女

三度玄関チャイムを鳴らしても反応がなかったので、そろそろ諦めかけていた時、ドアがゆっくりと開いた。

ドアの向こうには女が立っていた。パジャマなのか部屋着なのか、それとも両方を兼ねているのか、白っぽいものをだらんと着ていた。髪は長く、年の頃は三十ぐらいだろうか。化粧気はなく、土色の肌が廊下の灯りに当たって、冷たく光った。

「……」女が蚊の鳴くような声で何か呟《つぶや》いた。

操子《あやこ》は思わず、「はっ？」とでも言って、女の言葉を聞きなおそうとしたが、初対面の第一声に対して、それではあまりに失礼だと思いなおして、女の言葉を頭の中で反芻した。

「何かご用でしょうか？」女はそう言ったに違いなかった。

「わたくし、お隣の部屋に引っ越して参りました波瀬と申します。ご挨拶代わりにこれを」

操子は女を元気づけるようにわざと大きな声を出しながら、腕に引っ掛けていた百貨店の紙袋から石鹸の包みを差し出した。

　女は石鹸を受け取ろうと手を伸ばしたように見えたが、そのまま自分の口元に持ち上げ、人差し指を立てた。「すみません。静かに喋っていただけませんか？」

「あっ。どうもすみません」操子は慌てて声を落とした。「煩《うるさ》かったでしょうか？」

「いいえ。それほどでもないんですけどね」女は俯き、さらに小さい声で答えた。「ただ、大きな声で話されると目が覚めちゃうんじゃないかと思いましてね」

　外はもう暗いといっても、まだ七時にもなっていない。こんな時間から眠っているのは……。

「ああ。赤ちゃんですね！」操子は微笑んだ。

「いえいえ。赤ちゃんはいないんです。というか、本当はいるんですけどね。なにしろ眠っているものですから」

　操子はぱちぱちと瞬きした。「あの。赤ちゃんが眠っているんですか？」

「さあ。どうなのかしら？　よくわからないんです。だって、まだ眠っているんですもの」

　しばし、沈黙が流れた。操子は女の顔をしげしげと眺めた。女は目を細め、指の付け根で目を擦《こす》った。

「あの。ひとまずこれを」操子は厄介払いでもするかのように、石鹸を女の顔先に突き出した。

「まあ、いい匂い」女は囁くように言った。「でも、少し強すぎるかもしれないわ。使っても、目が覚めたりはしないかしら？」

　赤ちゃんて、眠らせたままお風呂に入れるものなのかしら？　操子は親戚の子供たちのことを思い浮かべた。確かに湯船で眠る赤ん坊もいたが、必ず眠っていたわけではなかったし、眠ってなければならないということもなかったはずだった。

「もしお気に召さないということでしたら、後日別のものをお持ちしましょうか？」操子は包みを紙袋の中に戻そうとした。

　手の甲に冷たい感触が走った。

　女の掌《てのひら》が操子の手を包んでいた。それは濡れ布巾のように湿った冷たさだった。

　操子は声も出せず、口を半開きにして、女を見つめた。

　女は急に顔を歪めた。いや。どうやら、笑顔のつもりらしい。その証拠に目元と口元に笑う時と同じ形に皺ができていた。しかし、操子にはそれが笑顔とは感じられなかった。喩《たと》えて言えば、ゴムのマスクを手で歪めて作ったような表情だった。

「いいえ。これはいただいておくことにするわ」女はもう一方の手で自分の手と操子の手を包んだ。

　操子は女の掌が汗に塗《まみ》れていることに気がついた。なのに、血が通っていないかのように冷たい。

「せっかくあなたのように素敵な方にいただいたものを無下にお返しすることなんかできませんわ。それに、ゆったりと湯船に浸かった後だったら、きっとこの匂いは睡眠中でも心地よいと思うわ」女はゆらりと操子に向かって傾いた。「あなたもいい匂いね」女は半眼になった。

操子は慌てて、女の掌の間から自分の手を引きぬいた。ひんやりとした湿り気が残る。

女の顔が弾けたように元の無表情に戻った。「ありがとう。これからもよろしくね。といっても、目が覚めるまでのことだけど」

このまま帰るべきなのかもしれない。しかし、なんといってもこの女は隣人だ。たとえどんな相手だろうと、良好な関係を保っておかなければならない。

「あの……。お宅の表札が見当たらないんですが、お名前はなんとおっしゃるんですか？」

操子は愛想笑いを浮かべた。

「あら。そういえば、すっかり忘れていたわ。うちも一昨日引っ越してきたばかりなんですよ。だから、まだ表札がなくて」女は目をしばたたいた。「わたし、秋山と言います。秋山八美《はちみ》。これからもよろしくね」

「こちらこそ、よろしく。秋山さん」操子は一呼吸おいてから思いきって訊いてみた。「すみません。お気を悪くされたらごめんなさい。一つお訊きしてよろしいかしら？」

「ええ。なんでもお訊きになってくださいな」

「さっきから、眠っているとおっしゃってられるのはどなたのことなんですか？　お子さんは眠っているかどうかわからないとおっしゃるし……。ひょっとすると、ご家族の誰かがご病気なのかしら？」

八美は力なく首を振り、また指の付け根で目を擦った。擦るたびに真っ赤に充血した粘膜が捲《めく》れ上がり、黒目が横にずれ瞼から零《こぼ》れ落ちそうになる。

「あのね」八美は顔を近づけ、息だけで喋った。「眠っているのはわたしなの」

急に生臭いものをつきつけられたような気がして、操子は思わず一歩あとずさってしまった。二、三秒迷ったが結局問いただす以外には道はなさそうだった。「はあ？」

八美は灰色の歯を見せ、力なく笑った。「波瀬さんとおっしゃったわね」

「はい。波瀬操子です」下の名前を名乗ったのは八美もそうしたからだった。そのほうがなんだかフェアな気がしたのだ。

「波瀬さん、困ってらっしゃるんでしょ？　わたしがよくわからないことを言うから」

なんだ。やっぱり冗談か。

「でも、わたしが眠っているのは本当。嘘でも冗談でもないわ」八美はまた歪んだ笑顔を見せた。

「でも、おかしいじゃないですか。あなたが眠っておられるとしたら、どうして玄関まで出てきたり、わたしと話ができたりするんですか？」

「そうね。それが不思議なのね」八美はまた操子の手を掴んだ。「よろしかったら、お入りにならない？　詳しくお教えいたしますわ」

操子は嫌がってるととられないようにできるだけゆっくりと手を振り解《ほど》いた。「いえ。もうすぐ主人が帰ってきますので……」

「あら。そう。じゃあ、仕方ありませんわね」八美は目を擦った。「ここでご説明しますわ。波瀬さんは眠っている人間が歩いたり、喋ったりするのが不思議だと思われるんですわね」

「ええ」操子はこっくりと頷《うなず》いた。「もちろんです」

「でもね。ほとんどの人は眠っている時にも話をしたり、歩いたりしますわ。あなただって同じはずよ」

「えっ？　何のことをおっしゃってるのですか？……あっ。ひょっとして、つまり……」

「そう夢よ。夢の中なら、話をしても、歩いても不思議ではないわ。それどころか、現実にはできないようなこともできる。超人的な奇跡を起こすこともできるし、起きている時には恥ずかしくて死にそうになるぐらい不道徳なことだってできるものよ」八美は突然生気が宿ったかのように目を輝かせ、舌なめずりをした。

「あ、あのどういうことでしょうか？」操子はなんだかわからない胸騒ぎを感じ、鼓動が高鳴った。上気して、頬《ほお》が赤くなっているのが、自分でもわかる。「つまり、秋山さんは、その夢遊病だとおっしゃるんですか？　起きているようには見えるけど、本当は眠ったまま、歩き喋っていると」

「そうではないのよ」八美は俯き加減のまま、上目遣いに操子の顔を舐めるように見つめた。「わたしは眠っている時に歩き回ったりはしないの。塒《ねぐら》の中でじっと丸くなっているの。目を覚まさないように気をつけているのよ」

「だって、それじゃあ、話が合わないじゃないですか！」苛立った操子はついつい大きな声を出してしまった。「もし秋山さんのお話が正しいとしたら、今秋山さんは眠っておられるのだから、塒の中におられることになってしまいますけど、実際にはこうして……」

「そうなの」八美ははにかんだ爬虫類のような顔をした。

「えっ？」

「わたしは今、塒の中で一人で眠っているの」八美は両手を広げた。「そうして、こんな楽しい夢を見ているの。だから、大きな声を出さないでね。わたしそろそろ目が覚めそうなのですもの」


「あなた聞いてるの⁉」操子は眉間《みけん》に皺を寄せた。

「ああ。聞いてるさ」石弥《いしや》は気がなさそうな返事をして、箸で沢庵を摘み、ぽりぽりと齧った。

「嘘だと思ってるでしょ！」操子は食卓を挟んで石弥を睨《にら》みつける。

「嘘だなんて思ってやしないさ」

「本当だと思ってるなら、もっと反応してよ」

「反応って？　どういう？」

「だから、もっと驚いてちょうだいよ」

「驚いてるさ」石弥はずるずるとお茶漬けを口の中にかき込んだ。

「だったら、それらしい素振りをしてよ」操子は口を尖《とが》らす。

「わっ！　そりゃ驚いた」石弥は両手を広げて、箸を放り投げた。

「大げさね」

「おい。どうしろって言うんだよ」

「どうしろもこうしろも隣に住んでいる人は起きているのにずっと夢を見ていると思い込んでいるのよ。普通、なんとかしなくちゃならないって思わない？」

石弥は腕組みをした。「なんとかしなくちゃいけないのかい？」

「当たり前じゃないの！　隣にそんな人がいて、あなた平気なの？」

「君は平気じゃないのか？」

「そりゃ、あなたはいいわよ。昼間は会社にいて、この家にはいないんですもの。わたしは一日中この家にいるのよ。ああ。ぞっとする」

「その……なんてったっけ、隣の人？」

「秋山さん。秋山八美」

「秋山さんは昼間も家にいるのかい？」

「ええ。そう言ってたわ。外はいろいろと刺激が多いから、できるだけ外出しないようにしてるって。食べ物はほとんど店屋物で済ませて、どうしても必要なものは月に一度か二度近くのスーパーで纏《まと》め買いするそうよ」

「家族は？」

「それがよくわからないの。夫と子供がいるって言ってたけど……」

「なら、いるんじゃないか」

「それが夢の中の話か、現《うつつ》の話かよくわからないのよ」

「なんだよ、ウツツって？」

「彼女が言うには、現実の世界のことらしいわ。もちろん、彼女がそう思っているだけよ」

「家族がいる様子はあったのかい？」

操子は首を振った。「家の中の様子はわからなかったわ。入るように誘われたんだけど」

「入ればよかったのに」

「本気で言ってるの？」

「で、どうして秋山さんは自分が夢を見てるって思ってるんだ？」

「この世界が彼女の知ってる現の世界とはまるっきり違ってるかららしいわ。こんなに違うのは夢だとしか思えないって」

「へえ。じゃあ、現って、どんな世界なんだ？」

「なんでも酷《ひど》いらしいわ」

「酷いのかい」石弥はぽりぽりと頭を掻いた。

「ちょっと。ふけが落ちるじゃないの」

石弥は操子の言葉が耳に入らないかのように、頭を掻き続けた。「どう酷いんだ？」

「それはもう酷いらしいわ。誰一人安心して暮らせない世界なんだって。社会は崩壊して、毎日略奪があって、子供だろうが女だろうが、容赦せずに殺されるのよ」

「そりゃ、確かに酷いな」

「彼女は廃屋の中に隠れているの。そこは元核燃料の処理施設か何かで、誰も近寄らないって。彼女も本当はそこにいたくないんだけど、そこしか身を隠す場所がないから。夜になると、そこにあるタンクの陰で胎児のように体を丸めて眠るって。彼女は今そこで平和な世の中の夢を見ているの」

「それで昼間は現の世界で起きていて、夜になると眠ってこの世界の夢を見てるのかい」

「そうではないらしいの。毎日この世界の夢を見ているんじゃなくて、この世界の夢を見るのは今だけなんだって」

「それはおかしいな。この世界は別に今晩だけじゃなくて、昨日も一昨日もあったんだから」

「だから、おかしいのはわかってるんだってば」操子はじれったそうに言った。「昨日も一昨日も全部ひっくるめてこの世界は秋山さんが今見ている夢なんだって」

「そりゃ驚いた」

「驚かないでよ。そんなの嘘なんだから」

「なんだ。嘘か」

「いや。彼女は嘘とは思ってないのよ。だから、怖いんじゃないの」

「しかし、彼女は別に迷惑をかけてるわけじゃないだろ」

操子はしばらく、頭の中を覗き込むかのように黒目を上に向けて考えた。「まあ、そう言われると、特に迷惑はかけられてないかも……」

「じゃあ、ほっとけばいいじゃないか。たとえどんなみょうちきりんなことを考えていたって、実害さえなければ立派に社会に適応しているってことさ。実際、他人がどんなことを考えているかなんて金輪際わかりっこないんだから。電車の中で隣に座ってるやつが変なことを考えている可能性だってあるわけだけど、いちいちそんなことを心配してたら、社会生活なんてできないんだ。他人に迷惑をかけてないところからすると、秋山さんは正常だって言いきってもいいぐらいだと思うよ」

「そうかしら？」

「そうだよ」石弥はずずっと茶を啜った。「向こうの家に遊びに行ったり、この家に誘ったりしてみれば、いいんじゃないか？　隣同士なんだから、何も敵対する必要はないんだし」

「まあ、確かに大人しそうな感じの人ではあるわね」操子は少し考えた。「いいわ。明日、家に誘ってみることにするわ」

　翌日、操子は石弥を送り出した後、八美を自宅に誘ってみた。八美は玄関先でその話を聞くと、そのまま靴を履いて、操子の家にやってきた。化粧なり、服装なり、少しぐらい準備するだろうと踏んでいたので、少し面食らってしまったが、そのことは顔には出さず、コーヒーとケーキを出して、八美をもてなした。

「秋山さんも引っ越してきたばかりだとおっしゃってたわね」操子は言った。「ご主人のお仕事の都合？」

「今は一緒には住んでないんです」八美は俯いたまま、ケーキをフォークで突ついている。

「もちろん、現ではいつもわたしの側にいるんだけど」

「仲がおよろしいんですね」

「ええ、とっても。今もここにいるの。体温を感じるもの」八美は自分の隣の虚空を抱きしめるかのように撫でた。「でも、このぐらいにしておかないと、主人が目を覚ましてしまうわ。主人の目が覚めたら、きっとわたしに話しかけるから、わたしの目も覚めてしまうわ」

操子はぞっとしたが、表情には出さずに話を続けた。「でもそろそろ目を覚ましてもいいころじゃないのかしら？」

「確かにそうね」八美は少し顔を上げた。「でも、無理に起きることはないわ。現で価値があるのは主人と子供だけだもの」

「この世界ではご主人はどこにいるの？」

「それは……」八美は顔をしかめ、こめかみの辺りを指で押さえた。「ごめんなさい。はっきりしないの。……夢ではよくあることでしょ」

「ええ。そうね」確かに夢の中だったらね、と操子は心の中で皮肉を言った。

「よかったわ。波瀬さんとお知り合いになれて」八美は痛みを堪《こら》えるかのような表情のまま、愛想笑いをした。「こんなふうにすぐわかってくれる人って少ないもの。たいていの人はこの世界がわたしの夢だってことをなかなか認めたがらないのよ」

「でも、それって普通の反応かもしれないわよ」

八美はキッと操子を睨《にら》んだ。「それって、どういうこと？　まさか、あなたもわたしのことを……」

「いいえ。そうじゃないのよ」操子は八美の目の光の変化に気づいて慌てて付け加えた。「ただ、みんなを納得させるにはそれなりの説明がないと難しいんじゃないかと思うのよ」

「説明はちゃんとしてるじゃない。これはわたしの夢なのよ。本人が言ってるんだから、これ以上確かなことはないわ」

「でも、夢を見ているなら、他の人にもそれなりの自覚があってもいいんじゃないかしら？」

突然、八美は噴き出した。コーヒーの飛沫がテーブルの上に飛び散った。「あらごめんなさい」自分の服のあちこちをごそごそと探っている。ハンカチか何かを探しているらしい。

操子は立ちあがると、台所から布巾を持ってきた。「これで拭いてちょうだい。コーヒー、熱すぎたかしら？」

「ありがとう」八美は布巾を受け取って、テーブルの上と自分の服に散ったコーヒーを拭き取った。「いいえ。熱かったわけじゃないのよ。ただ、面白いことをおっしゃったから」

「面白いこと？」

「そうよ。夢なら、他の人にも自覚があるはずだなんて」

「えっ？　他の人にはないの？　確かに、夢を見ていて、それが夢だと気がつかないことはたまにあるけど、ひょっとして夢じゃないかと疑えばたいていい夢だとわかってしまうわ。なんというか、現実とは違うぼんやりした感覚があるから」

「そう。その通りよ。だからこそ、わたしにはこれが夢だということははっきりわかるの」

「だったら、他の人にだって……」

「それは無理よ。なぜって、これはわたしの夢だもの。夢を見ているのはわたし一人で、あなたや他の人たちは夢を見ているわけじゃないもの」

「じゃあ、あなた以外の人たち――わたしたちは今何をしているの？」

「それは知らないわ。わたしは眠ってるんですもの」

それなりに筋が通っているような錯覚すら覚える。ある意味芸術的とさえ言ってもいいほどの見事な妄想だと操子は思った。

「じゃあ、もし目が覚めたら、現の中のわたしの様子もわかるのかしら？」

「もちろんよ」

「じゃあ、一度目を覚まして、現のわたしの様子を見てきて、詳しく教えていただけないかしら？」

「あら。それは無理よ。一度目が覚めてしまったら、また同じ夢を見られるという保証はないもの。それに、現の世界ではあなたは自分で自分の様子がわかるんだから、わざわざわたしが教える意味もないわ」

ますます混乱してきた。

「ということは夢の中のわたしと現の中のわたしはそれぞれ……」

操子は言葉を止めた。目の前の八美の様子がおかしかった。指の付け根を目尻に接触させたまま体を硬直させ、微動だにしない。

「秋山さん！　秋山さん！　どうかなすったんですか⁉」

操子は焦った。何かの発作を起こしたのかもしれない。八美はまるで凍ったかのようで息すらしていないように見える。このまま、死なれでもしたら後味が悪い。

救急車を呼ぼうかしら？　でも、その前にちゃんと確認しとかなくちゃ。

操子は立ちあがるとテーブルを回って、八美に近づいた。肩に手を置いてゆすりながら、声をかければ、気がつくかもしれないと思ったのだ。

あと一センチで肩に手が触れそうになった時、いきなり目に当てていた八美の手が操子を静止するように動いた。「やめて」

操子は突然のことに、悲鳴を上げそうになった。息を吸い込んだ直後、湿った冷たく生臭いものが、操子の鼻と口を覆った。八美の掌だ。

「大声を出さないで、目が覚めてしまうから」八美は鋭い目つきで、操子に命令した。

操子は目を見開き、首を縦に何度も振った。

八美の手はゆっくりと剝《は》がされた。顔にはひんやりとした感覚が手の形に残っている。半開きになった操子の口から唾液が糸を引き、八美の掌の真ん中辺りに繋がっている。八美はもう一方の手で二、三度擦り、唾液を拭い取った。

界のあなたを見たわ」

「今ね、わたし目を擦ったら、目が覚めそうになったの。ううん。一瞬だけ目が覚めたと言ったほうがいいのかもしれないわ」八美は操子を見下ろして、にたりと笑った。「現の世界のあなたを見たわ」

操子は尻を床につけたまま、あとずさった。「わたしはどんな様子だった？」

八美は大きく口を広げた。口紅は口の中にまでべったりと塗られていて、赤黒く光っている。粘度の高い赤い涎《よだれ》がぼたぼたと床にまで垂れる。口紅と同じ色の爪を広げ、操子を指差す。人差し指以外の指は握られずに、半開きになっている。

「あなたは死にかけていた。それも苦しんでいたのよ。眼球は二つとも腐り、髪の毛は一本も残っていなかった。もちろん服なんかも着ていないの。全身の皮膚という皮膚には紫色の蚯蚓《みみず》のような寄生虫が潜り込んでいて、そいつらが蠢《うごめ》くのが皮膚を通してもはっきりわかったわ。鼻はなくなっていて、三角形の穴が開いているだけ、そこから時々うっかり者の寄生虫が顔を出すのよ。唇はなくなっていて、歯が剝《む》き出しになっていたけど、その歯も半分ぐらいしか残っていなかった。歯の抜けた跡からはじくじくと膿が流れ出していて、口から溢れていた。なぜだか、耳朶《みみたぶ》は両方残っていたけど、耳の穴からは血が流れ出していて、わたしの声は聞こえないようだった。ほとんどの指は第一関節から先が欠けていて、根本からないのも何本かあったわ。片方の乳房はなくなっていて、筋肉が剝き出しになっていた。鳩尾《みぞおち》から股間まで縦に大きな傷があって内臓が見えていたわ。どういう理屈かわからないけど、出血はほとんどないみたいだった。内臓のそれぞれには真っ黒な瘤ができていて、よく見ると一つ一つに顔がついているの。それから、あなた妊娠しているようだった。股のところに大きな爬虫類のような生き物がいて、必死につるんでいたけど、あれがきっと父親ね。膝から下がなくなっていたのはそいつが齧ったからだと思うわ」

「嘘だわ」操子は首を振った。「わたしになんの恨みがあって、そんなでまかせを言うの!?」

「でまかせなんかじゃなくってよ。全部本当のこと。あなたは死体が腐ってできた泥溜りの中でもがいていたの。臭いがとても強くて、息ができないぐらいだった。わたしは息がつまって……それで……また……眠ってしまったの。はっきり目覚めなかったから、同じ夢の続きを見ることができたのかしら」

「お願いだから、やめてちょうだい！　そんな酷い作り話はやめて!!」操子は突っ伏して泣いた。

「いいえ。作り話などではないのよ」八美は跪《ひざまず》くと、操子の背中を優しく撫でた。「これは現の世界の本当の話。でも、わたしが眠っている間は大丈夫。わたしの夢の中ではあなたはこんなに幸せそうなんですもの」

操子はゆっくりと顔を上げた。涙の跡が蛞蝓《なめくじ》の這った跡のように光る。「本当？　あなたが夢を見ている間はわたしは幸せでいられるの？」

「そうよ。だから気をつけてね。決してわたしの目を覚まさせないように。大きな音をたてないように。不用意にわたしの体を揺り動かさないように。わたしを苛立たせないようにしてね。ひっそりと隣で暮らしていてね」

操子は泣きじゃくり頷いた。

八美は操子をいとおしそうに見つめ、操子の顔を胸に押し付け、抱きしめた。

青い空。夢の空。でも、目を擦ると、現の空が重なって見えてくる。

黄色い空。茶色の毒の雲がたなびいている。

空の下には骸骨のような錆ついた建物が並んでいて、その中にはぼろぼろになった人たちが住みついている。

すべてはあの夏に起こったのだ。

人々が作った人工の星が大気の中を通り過ぎ、人々には気づかれない毒を撒き散らした。

火山は火を噴き、すべてを溶かし尽くした。

コンピュータは発狂し、人間への反逆を開始した。

信仰心の篤い者は人々を虐殺した。

ありとあらゆる災厄が世界を包んだ。

誰もが予言を知っていたのに誰もが予言を信じなかった。

そう。これは罰なのだ。

傲慢な者たちは自分のことばかりを考えて、他人のことなど何も考えなかった。

そして、今こそすべてが平等になった。誰もが自由になった。

なぜなら、この災いと苦しみはすべての人々にえこ贔屓《ひいき》なく、与えられたものだから。

何もかもがゼロから再出発するのだ。

いや。

ゼロではない。

わたしにとってはゼロではない。

わたしには愛し合う者たちがいる。

わたしが愛し、わたしを愛する夫。

わたしが愛し、わたしを愛する赤ちゃん。

だからわたしは構わない。

世界が滅ぼうとも。

人々が苦しもうとも。

わたしの心に不安がよぎる。

これでいいのだろうか？

誰かが世界を取り戻すべきなのではないだろうか、と。

その夜、わたしは夢を見た。

失われた世界の夢。

そこでは何も起きなかったことになっていた。

夏は無事に終わっていた。
人々が作った人工の星は地球の側を通り過ぎ、遥かな世界へと向かった。
火山は静かに佇《たたず》んでいた。
コンピュータは相変わらず、人間の忠実な下僕であり続けた。
信仰心の篤い者は人々と共にあった。
ありとあらゆる災厄から世界は解放されていた。
誰もが予言を知っていたのに誰もが予言を信じなかった。
そう。これは偽りの世界。
わたしが気まぐれで作り出した泡沫《うたかた》の夢。
わたしは目を擦った。
二重の世界が一重に戻る。
わたしは再び浅い眠りに戻る。
空は青く、白い綿雲がたなびいている。
空の下には清潔で巨大な建物が並んでいる。
人々はその中で繁栄を謳歌している。
幸せに満ちた世界。
しかし、自由ではない。平等でもない。
幸せは偏《かたよ》って与えられている。

わたしには愛する者がいない。(夢の中だから)
あの人は確かにわたしを愛してくれていた。
なのに、わたしの前から姿を消した。(夢の中だから)
わたしとわたしの赤ちゃんを置いて。
わたしは夫を探し続けた。
何日も何日も。
悲しすぎて何も考えられなかった。
家のことも。
赤ちゃんのことも。(夢の中だから)
見知らぬ人々がわたしを遠巻きに見ていた。
誰かがわたしに赤ちゃんのことを訊いた。
わたしは赤ちゃんのことを思いだし、家に帰った。
赤ちゃんはそこにいた。
けれども、赤ちゃんは動かなかった。
赤ちゃんは小さく干からびていた。(夢の中だから)
悲しい夢だった。
でも、目を覚ますのはよした。
わたしが目を覚ませば、そこは災いの世界だから。

そこにはわたしの愛する夫とわたしの愛する赤ちゃんがいるけれども、他の人たちは不幸になってしまう。

わたしはみんなのために夢を見続けることにした。

みんなは現の世界ではとても惨めだ。

夢の中ではわたしのほうが惨めに見える。

けれども、本当はそうでないことをわたしは知っている。

わたしは夢の中で夫を探し続けた。

夫はわたし以外の女を愛していた。（夢の中だから）

わたしは目を覚ましさえすれば、この不愉快な夢が消えてしまうとわかっていた。

でも、みんなのために敢えて目を覚まさなかった。

夢の中の夫を取り戻すために。

どうせ夢なので、どうでもいいのだけれど。

どうせ夢なので、関係ないけれど。

夢だとわかっていても、わたしは夫と赤ちゃんが欲しかった。

どうせ夢なら、幸せな夢にして悪いわけはなかろうと思った。

みんなのために見ている夢なのだから。

それが悪いことであるはずがなかった。（夢の中だから）

操子は八美に迎えられ、部屋の中に入った。

昼間だというのに中は真っ暗だった。カーテンを閉めきってあるのだ。いや。カーテンではなかった。窓という窓はすべて塞がれていた。ばらばらの大きさ、形のベニヤ板が何重にも窓に打ち付けられていた。釘の長さもばらばらで、そのほとんどが半分飛び出していた。板と板の隙間《すきま》からは白い光が漏れ、まるで星座のように見えた。

「暗くてごめんなさいね。でも、昼の光で目が覚めたりしたら、大変でしょ」八美はにこやかに言った。

「こんなに釘を打ち付けて、大家さんにおこられないの？」操子は薄笑いを浮かべたまま、尋ねた。

「あら。大丈夫よ。だってね」八美は操子の耳に口を近づけ、息とともに言葉を吐いた。

「どうせこれは夢なんだから」

「そうだったわ。これは秋山さんの夢だったわね」操子は頷いた。

八美は目を擦った。瞬間暗い居間は消え、廃墟に変わった。そこには襤褸《ぼろ》布を体に巻きつけている子供たちがいた。布の下に見え隠れする肉はすでに腐り始め、蛆《うじ》が蠢いていた。もう一度目を擦ると、廃墟は消え、居間に戻った。

「さあ。紅茶を召し上がれ」八美はテーブルの上に用意してあった湯飲みを指し示した。湯飲みはひび割れ、黒々とした液体が漏れ出していた。

「これが紅茶？」操子は不安げに言った。

「心配しなくてもいいのよ。これはとても紅茶に見えないけど、それは夢の中だからなの。現の世界ではイギリスから輸入した高級茶なのよ」八美は目を擦った。湯飲みに趣味のいいカップの姿がダブる。

操子は湯飲みを持ち上げ、口に近づけた。臭気が鼻の粘膜を刺激する。

「うっ！」操子は顔をしかめ、湯飲みを下ろす。

「駄目よ、操子さん、見掛けの姿に囚われては」八美が目を擦ると、操子の姿は一瞬異形の者に変わる。八美は満足げに頷く。

操子は目を瞑《つむ》ると、湯飲みに口をつけ、一口液体を啜った。甘ったるい腐臭が口から喉《のど》の奥に広がり、焼け付くような感覚が広がった。思わず、湯飲みを取り落とす。湯飲みは落下し、床の上で砕け散った。黒い液体が飛び散り、八美と操子のスカートを汚した。

「あらあら。全部飲み干せなかったの？　それでは全然足りないわ」

「ごめんなさい……」それだけ言うのがやっとだった。強烈な頭痛と眩暈に襲われ、操子は崩れ伏した。どろどろした液体が服に染み込んでいくのがわかった。荒い呼吸をするたびに、床の上にぶ厚く溜まった埃が宙に舞った。

夢の中だから、掃除なんかしないのね。操子はぼんやりと思った。

「少しは効果があったみたいね」八美は操子の背中に手を回し、上半身を起こした。「謝らなくてもいいのよ。これでもなんとかなるわ」

「わたし、なんだかとても眠いの。とても、起きてはいられない」

「それでいいのよ。わたしと一緒に眠ってちょうだい」八美は何か細長くて、鋭い光を放つものを手に持っていた。「ただね。少し痛いかもしれないけど、夢の中のことだから大丈夫よ。心配しないで」

「わたしはどうなるの？」

「だって、仕方がないのよ。どうせ見続けなければならない夢なら、楽しい夢にしたいじゃないの。わたしばかりがみんなの犠牲になるのって、なんだかおかしいじゃない」

「やめろ、八美！」入り口のドアが開いた。男のシルエットが見える。

八美はシルエットに答えた。「ああ。あなた。戻ってきてくれたのね」

シルエットは部屋の中に入ってきた。朦朧とする意識の中、操子は石弥の姿を見た。

ああ。そういうことだったのね。秋山石弥――それがあなたのフルネーム。どうして気がつかなかったのかしら。八美さんはあなたの奥さんだったのね。

わたし、あなたの家族のことなんか知らなくてもいいと思った。一緒に暮らせるなら、結婚なんかできなくてもいいと思っていた。

「あなた。やっぱり来てくれたのね。考えてみれば当たり前よね。これは夢なんだから、何もかも都合よく起こるんだわ」八美は真っ赤な唇を大きく広げて笑った。「わたし一生懸命あなたの足取りを調べたのよ。そして、とうとうあなたが借りたアパートに先回りすることに成功したの」

「隣に君が住んでいることを操子から聞いた時には自分の耳を疑った。そこまで執拗に僕を追いかけたなら、どうして僕に直接姿を見せないのか不思議に思ったんだ。だけど、操子の話を詳しく聞いて、君の様子がおかしいことに気がついたんだ。さあ、八美、操子から離れるんだ。悪いのは僕なんだ。操子は関係ない」

「いいえ。この女には消えてもらうのよ。この夢には必要ないから。そして、もう一度わたしたちの赤ちゃんを作るの。前の赤ちゃんは干からびてしまったわ」

「八美、よく聞くんだ。僕たちの子供は生まれなかったんだ。僕らの子供が流れてしまった時から、君は少しずつ変わっていった。そんな君に嫌気がさして、僕は操子の元に走ってしまったんだ。でも、操子に罪はない。操子には何も知らせなかったんだ」

「なぜ、何も知らせなかったの？　知らないことが罪になることもあるのに」八美は眼球が零れ落ちるのではないかと思われるほど、大きく目を見開いた。「でも、本当はあなたが悪くないことは知っているわ。だって、この世界はわたしの夢なんですもの。そして、現の世界ではあなたは優しくわたしを包んでいてくれて、その横には赤ちゃんも眠っている。そして、この女は恐ろしい病気に罹《かか》っていて、怪物の仔を宿しているの」

「わたしはどうなるの？」操子は弱々しく訊いた。

「わたしが夢を見続けるなら、現の世界で苦しまなくてもすむわ。でも、わたしに安眠して欲しかったら、夢の中では消えてちょうだい」

「八美、よすんだ!!」石弥は叫んだ。

「来ないで！」八美の頰を涙が流れる。「このまま、わたしに静かに夢を見させて。お願いだから。世界の犠牲になっているんだから、このぐらいの我儘聞いてくれたっていいじゃない」

「……」操子が呟いた。

「えっ？　波瀬さん、今何て言ったの？」八美は目と口を大きく開き、涙と涎を垂らしながら、腕の中の操子を見下ろした。

「い・や・よ」

「何ですっ……」八美の言葉が止まった。きょとんとした顔で、操子と石弥の顔を交互に眺め、徐《おもむろ》に自分の鳩尾に操子が深々と突き立てたナイフに目を落とした。「どうして、こんなことをしたの？」

「だって、わたしは死にたくなかったの」ナイフの柄を摑む腕を伝って、操子の顔と胸に血が滴る。

「なんて、馬鹿なことを」八美はそのまま、後ろに倒れ込んだ。床に後頭部がぶつかり大きな音を立てる。

「ごめんなさい。でも、いいでしょ。これでずっと眠っていられるじゃない。願い通り、ずっと夢を見ていられるのよ」

「違う。違う」八美はナイフを握り締め、口をぱくぱくとさせた。「夢を見続けるのはわたしの願いではなかった。わたしはあなたたちのために……」八美は血塗れの手を伸ばした。操子を指しているのか、石弥を指しているのか判然としない。「それに、死ねば夢を見られないのよ。あなた、馬鹿ぁ？」

「何ですって!?」操子は八美に馬乗りになった。「馬鹿なのはあなたよ!! あなたの言ったことは何もかも妄想よ！　嘘っぱちよ！　この世界は夢なんかじゃない。これは現実よ。あっ!!　今、わかったわ。石弥さんの奥さんだっていうのも、きっと嘘なんだわ！　ええ。そりゃ、そうに決まっているわ」

「可哀想《かわいそう》に夢を見ているのね」八美は操子の後頭部に手を回し、引き寄せた。「もう、わたしは夢を見続けるわけにはいかなくなったの。だから……」

操子の口は八美の口に押し付けられ、息もできない。

「夢を引き継いでね」操子の唇の下で、ぬめぬめと八美の唇が動き、ぴたりと止まった。

石弥がようやくのことで、操子の肩を摑み、硬直した八美から引き離してくれた。八美の死顔には口紅だか血だかで斑模様ができている。操子が手で自分の顔を拭うと、やはり真っ赤なものがついていた。

「心配しなくてもいい」石弥は耳元で優しく囁いた。「正当防衛だ。僕は一部始終を見ていた。君に罪はないよ」

操子は石弥を睨む。「あなたはこうなることを知っていたのね」

「何を言うんだ!?」

操子はすっと立ちあがると、窓の方へと歩き出した。

「君は何か誤解しているようだ」石弥も後を追う。「君から八美の話を聞いた時、すぐに本当のことを言わなかったのを不審に思ってるんだろ。それはちゃんと説明できるんだ。ええと、そうだ。僕はまず確認しようと思ったんだ。本当に隣に住んでいるのが八美かどう……」

「もういいの」操子は窓に打ち付けられたベニヤ板に手をかけた。

「えっ？」

「これからはわたしが夢を引き継がなくてはならないのだから。それが報いなのよ」

「何を言ってるんだ、操子!?」石弥は操子を抱きしめ、窓から引き離した。ばりばりとベニヤ板が割れて、床に剝がれ落ちる。

操子は目を擦った。「あなたの本当の姿が見えるわ」

窓の外に広がる黄色い空には茶色の毒の雲がたなびいている。

探偵助手

　ここは先生の探偵事務所。先生は名探偵として世界的に有名なの。でも、一つ秘密がある。先生に？　いいえ。そうじゃない。秘密を持っているのは先生の助手であるこのわたし。

　わたしは心が読めるの。何もかもがわかる訳じゃない。ただ、目の前にいる人が強い感情を持った時、その考えが伝わってくる。だけど、これは先生にも秘密にしている。わたしだけの秘密。だから、わかったことは直接先生には伝えられない。それとなくヒントを出すだけ。時にはじれったいこともあるけど、今までそれでうまくやってきた。

「おや。何か忘れてるな」先生は呟《つぶや》くように言った。「そうそう。文鳥の餌が古くなってるから、新しいのに取替えなくちゃ」

　えっ？　そんなはずは……。

　わたしは慌てて餌入れを見にいった。

　その時、事務所に誰か入ってきた。

この探偵事務所には鍵《かぎ》を掛けていない。誰でも自由に中に入ることができる。

「何か御用ですか？」

「ええ。ご相談したいことがありまして……」

その女性は二十代の後半といったところだろうか。

色が白く伏せがちな澄んだ目が美しい。

「どのようなご依頼でしょうか？」

「実は……数日前、主人が亡くなりまして」

「それはお気の毒に」

「殺人ではないかと疑われています」

「ほう」先生は興味を持ったようだった。「真犯人を突き止めて欲しいということですか？」

女性は首を振った。「いいえ。そうではないのです」

「では、どのようなご用件でいらしたのでしょう？」

「可愛い小鳥ですね」女性は鳥かごの方を見た。

先生は笑顔になる。「手乗り文鳥です。慣れているので、外にもつれていくんですよ」そして、先生はふと気付いたように言った。「ええと。ご用件は……」

「疑いを晴らしていただきたいのです」

「どういうことでしょうか？」

「殺人の疑いです」

「つまり、殺人ではないとお考えなのですね」

「はい。主人は事故でなくなったのです」

「どうして、殺人では困るのですか？」

「疑われているのはわたしだからです。主人は資産家でした」

先生は片方の眉《まゆ》を吊り上げた。「そいつは結構」

「とんでもない。何が結構なものですか」女性は顔色を変えた。

「おっと。失礼。何もあなたのご不幸を喜んだ訳ではないのです。実は、わたしは事件が大好物でして。謎があればつい喜んでしまうのですよ」

「まだ、何もお話していないのに？」

「結構な謎だということぐらい、直感でわかりますよ」

「ちょっと先生」わたしは先生を注意した。「直感なんて言って貰《もら》っては困ります。探偵はもっと論理的でないと」

　先生は咳払いをした。「とにかく、お話をお伺いできますか？　ご主人の死因は何ですか？」

「心筋梗塞です」

「それならば、もう解決しているも同然ではないですか？　病死は他殺ではない」

「ところが、そう簡単にはいかないのです。主人は慢性の心臓病で、発作が起きた時にはいつも薬を飲んでいたのです。それが今回に限っては飲まなかったのです」

「なぜ飲まなかったと言えるのですか？」

「検視結果です。血液中に心臓病の薬の成分は見付かりませんでした」

「ご主人がなくなった時、あなたは傍におられなかったのですか？」

「それが」女性は暗い顔になった。「二階の部屋に直前までは一緒にいたのですが、ちょうど来客があって、応対していたのです。それはただの保険の勧誘だったのですが、戻った時にはすでに息がありませんでした」

「すぐ救急車を呼んだのですか？」

「はい」

「保険の外交員の証言はとれるのですか？」

「はい」

「なら、あなたのアリバイは立証される。何の問題もないのでは？」

「警察はわたしが故意に薬を隠したのではないかと疑っているのです」

「いつもはあなたが薬の管理をなさってるんですか？」

「はい。外出する時はいつもわたしが薬を小分けした小瓶を持参しています。しかし、家にいる時には、部屋にある瓶から飲めるようになっていたのです」

「それなのに、ご主人は薬を飲まれなかったのですね」

「はい」

「現場を見せていただくことにしましょう」先生は立ち上がった。

「先生、今からお出かけですか？」

「なるべく早い方がいい。そうだ。文子、君も一緒に行こう」

一時間ほどで、郊外の大きな屋敷に着いた。中には何人もの捜査員がいた。

「奥さん、どちらに行かれていたのですか？」初老の刑事が声をかけてきた。「外出される時には教えていただかないと困ります。……おや？　そちらは？」

「探偵です」先生が言った。

「それに、助手です」わたしが付け加えた。

「ふむ。素人が口を挟むべきではないと思いますがね。これは浮気調査などではない。本当の事件です」

「事件？　病死が事件？」

「確かに直接の死因は病死です。ただ、本来助かるべき命が故意に失われたとしたら、どうです？」

「その場合は殺人になるということですか？」

「何も手をくださなければ助かった。それなのに、ある行為をしたために助からなかった。

これは殺人と呼べるでしょうな」

「誰かがそのような行為を行ったとおっしゃるんですね」

「そのような事実があったかどうかを調べているんですよ」刑事は苛立たしげに言った。

「刑事さん、あなたは真実を知りたい。そうですね？」

「ああ。もちろん知りたいですよ。ただ、真実を知るただ一人の人物はもう話すことができ

ないのです」

「あなたは奥さんが故意に薬を隠したのではないかと疑っておいでなのですか？」

「誰がそんなことを⁉」

「奥さんからお聞きしました」

「それは誤解です」

「しかし、その可能性を想定して、奥さんの取調べを行ったのですね」

「もちろん。我々はあり得るすべての可能性を検討します」

「証拠は見付かったんですか？」わたしは尋ねた。

「すまんが、話はここまでということにしてもいいですか？　一般の方に捜査の進展を逐一説明することはできんのです」刑事は冷ややかな目でわたしたちを見た。

「では、奥さんにお聞きすることにします。ご主人はこの部屋で亡くなっていたのですか？」

「はい。ちょうど、このテープが張ってある場所です」

「戻った時には息がなかったとおっしゃられてましたね。心臓も止まっていたのですか？」

「たぶんそうだと思います」

「まず何をなされました？」

「救急車を呼びました。それから、心臓マッサージを行いました」

「心臓マッサージでは、一度も蘇生はしなかったんですね」

「はい」

「何か気付いたことはありませんでしたか？」

「わかりません。とにかく気が動転して……」

「薬はどこにあったのですか？」

「そこです。テーブルの上です」

「この白い錠剤が入った瓶ですか？」

「触らんように願いますよ」刑事が言った。

「わかってます」わたしはかちんときた。「わたしたちだってプロなんですから」

「もし、ここに瓶があったのなら、目に入らないはずはない。そうお考えですか、刑事さん？」先生は言った。

「常識的にはそうですな」

「机の上に他に何かありましたか？」

「盆の上に空のコップがあっただけだ」

「奥さん、小分けした小瓶はお持ちですか？」

「ええ」女性がハンドバッグから瓶を取り出した。

先生は二つの薬を見比べた。「同じ錠剤だ」

「当然でしょう」刑事が呆れたように言った。

「被害者がこの薬を服用していないのは確かなのですね」

「先程も申し上げた通り、血液中にこの薬の成分はありませんでした」

「ご主人の病気は心臓病だけだったのですか？」

「ええ」

「軽い病気はどうです？　風邪とか頭痛とか」

「その程度なら、しょっちゅうですが」

「昨日はどうでした？」

「そう言えば、昨日から熱があると言っていましたが……」

「普通の風邪薬や解熱鎮痛薬はどこにあるのですか？」

「それは使用人の山下さんが管理しています」

「刑事さん、山下さんの取り調べは済んでいるのですか？」

「ああ。一通りは。しかし、彼は何も知らないようですよ」

「本当かしら？」わたしは疑わしげに言った。

「刑事さん、わたしが山下さんに質問しても構いませんか？」

「ご自由に。我々には止める権限はない」

「奥さん、山下さんをここに呼んでいただけますか？」

「その必要はない」中年の男性が姿を現した。「わしが山下だ」

「初めまして。山下さん」わたしは山下に話し掛けた。「わたしたちは探偵事務所から……」

「手短に用件だけ言ってもらおうか？」

「山下さん、今日、被害者はあなたから渡した薬を飲みましたか？」

「なぜ、あんたにそんなことを言う必要があるんだ!?」山下は険しい顔になったわ。

「これは重要なことです。正直におっしゃってください」

「どうかな？」山下ったら、冷や汗を流していた。「もし、あんたがその女の仲間なら、わしに濡れ衣を着せるつもりかもしれない」

「どういうことですか？」

「知っとるだろ。その女は二年前に後妻としてこの家に入った。七十過ぎの爺にこんな若い女がくっつくとしたら、理由は金しかないだろう」

「つまり、あなたは奥さんがご主人を殺害したという予見を持っておられるのですね」

「それ以外考えられるかね？　わしは何度も旦那が発作を起こすのを見とるが、いつも薬を飲んで収まっとった」

「以前の発作の時は、ご主人が奥さんから薬を受け取っておられたんですよね」

「ああ。ああやってわしらに見せ付けていたんだろうよ。『わたしは、主人の命を大切に思ってます』ってな。その女、とんだ食わせもんだ」


「おじさんの気持ちはわからないでもないけどね」わたしは言った。「先生は無実の人に濡れ衣を着せるような人じゃないの。ちゃんと証言して」

「山下さん、抵抗しても時間がかかるだけだ」刑事が言った。「わたしがここで見ているから違法なことはできまい。それより、さっさと質問に答えて厄介払いした方がいい。わたしも現場で素人がちょろちょろするのは好まんのでね」

山下は渋々な様子で頷《うなず》いた。「ああ。旦那はわしが渡した頭痛薬を飲んだよ。だけど、それには毒など入っとらん」

「その薬を見せて貰えますか？」

「ちょっと待っとれ」山下は部屋から出て行き、すぐに戻ってきた。「この薬だ」

「結構」先生は白い錠剤をびんから一粒取り出し、観察した。「あなたは被害者がこの薬を飲むところを見ましたか？」

「飲む瞬間は見ていない。だが、錠剤は盆に載せてテーブルの上に置いておいたから、飲んだに違いない」

「奥さん、ご主人が発作を起こした時はどんな様子でした？　冷静に判断して行動することはできましたか？」

「いつも、たいそう慌てていました。わたしの手から薬をひったくるようにとっていたぐらいです」

先生は女性に、にっこりと微笑みかけた。「みなさん、謎はすべてとけました」

「まさか、こんな短時間で解決したとは、とても信じられない」刑事が言った。

「先生にとっては、こんな事件、朝飯前ですわ」わたしは誇らしげに言った。

「被害者が頭痛薬を飲んだのは間違いない。この盆の上に薬がないからです」

刑事がふふんと鼻をならした。「そんなことは推理以前の問題だ」

「その通り。推理以前と言ってもいいでしょう。ところで、刑事さん、頭痛薬の錠剤はどんな服用の仕方をしますか？」

「飲み下すに決まっとるだろう」

「心臓発作の薬はどう服用するか知っていますか？」

「たいていは舌下薬だろう。舌の下に入れてとかして、口の粘膜から直接吸収させると即効性があるらしいな」

「検視官に連絡してください。被害者の舌の下に痕跡《こんせき》があるはずです。……頭痛薬の」

刑事の顔色が変わって、あたふたと携帯電話を掛け始めた。愉快。愉快。

数分後、刑事の携帯電話が鳴った。

「やはり頭痛薬の痕跡があったらしい」

「被害者は混乱状態となり、頭痛薬を心臓発作の薬と誤認したのです。ごらんのように二つとも白い錠剤で見掛けは非常によく似ています」

「被害者は頭痛薬を舌下に入れた訳か」刑事は頷いた。

「もちろん心臓病には効きはしない。正常な状態なら、味で間違いに気付いただろうが、慌てたために気付かなかったんだろう。これで事件は解決だ」

だけど……。

わたしは首を傾げた。

見落としがある。

「これで奥さんは無罪放免ですね」先生は刑事に言った。

「いや。元々我々は奥さんを犯人扱いしていた訳ではないんだがね」

「ありがとうございます」女性はとても嬉《うれ》しそうだったわ。「あなたのおかげで疑いが晴れました」

「どういたしまして。また何かありましたら、いつでもお越しください」先生も微笑んだ。

わたしは意を決した。「先生、おかしなことがあります」

「どうしたんだ、文子？」

「コップの水です。あの薬を舌下薬と間違えたなら、どうして水がなくなっているんでしょう？　被害者は頭痛薬をちゃんと水で飲んだんじゃないですか？」

「この子、どうしたのかしら？」女性はわたしを睨《にら》み付けた。

「なに、知らない場所に来てちょっと興奮しているんでしょ」先生は困ったように言った。

「とりあえず、この心臓病の薬と頭痛薬はいただいていってもいいでしょうか？」刑事は女性に呼びかけた。

「先程の推理の証拠になりますから」

「ええ。どうぞ、持っていってください」

では、あの薬瓶の中にもう証拠は残っていないんだ。

「さあ、文子、もう行こう。我々の仕事はもう終わりだ」

「先生、待ってください。何かがおかしいんです」

「不幸な事故だった。被害者は気の毒だが、奥さんに嫌疑がかからなかったことは不幸中の幸いだろう」

帰りの車の中で、わたしはじっと考え込んだ。

心臓病の薬と頭痛薬の外見はよく似ているわ。もし、発作が起きた時にわざと頭痛薬を渡せば、気付かずにそれを服用して死んでしまうかもしれない。だけど、それじゃ駄目なのよ。それだと、アリバイがない。犯人は自分がいない時に被害者に間違った薬を飲ませようとするはず。薬の中身を取り替えておく？　でもそんなことをしたら、証拠が残ってしまう。それに、あの女が薬瓶を警察に渡したということはあの中身は本物？

でも、何かがおかしい。

今回は手違いがあった。奥さんが家にいる時に被害者は発作を起こしてしまった。もし、奥さんが外出している時に発作が起きて、間違った薬を飲んだとしたら、それこそ完全犯罪だったはず。奥さんは誰にも疑われずに済んだ。でも、どうやって、薬をすり替えたの？そして、どうやって薬を元に戻したの？

「被害者はコップの水で頭痛薬を飲んだ。これは間違いない」先生は呟くように言った。「でも、その後に発作が起き、被害者は心臓病の薬と間違えて、もう一度頭痛薬を服用してしまったんだ」

「でも、どうして、そんなことが起きたんですか？　もう頭痛薬はなかったはずなのに」

「彼女は賭けていたんだ。つまり、これは確率の殺人だ。自分のいないところで、夫の発作が起き、そしてそれが何度も続けば、いつかは必ず実現することを信じていた。だが、それは一番間の悪い時に起きてしまったんだ」

「そして、先生は危うく台無しになりかけたトリックの完成を手伝ったんですね」

「彼女は若く、美しく、そして将来がある」

「でも、彼女は人殺しです」

先生は車を止めた。

「今なら、まだ間に合う。頭痛薬は舌下から吸収されていない。もし、遺体の血液中に頭痛薬の成分が含まれていたら、僕の第二の推理の裏付けとしては充分だ」

「先生、戻りましょう。刑事さんに伝えるんです」

先生は何も言わずに、ハンドルを握り締めた。

わたしは自分の無力さを思い知った。先生はあの女を庇おうとしている。わたしにはそれをどうすることもできない。

わたしは先生を傷付けたくなかった。でも、どちらを選ぶにしても、先生は傷付くことになる。

先生は目を瞑り、そして大きく息を吸い込み、ゆっくりと吐いた。

目を開き、そしてわたしにキスをした。

「文子、君だけが僕の安らぎだ」

そして、あの素晴らしい微笑を浮かべ、車をスタートさせた。

忘却の侵略

人類に対する侵略者の攻撃はすでに始まっているんじゃないかな、って僕は思ったんだ。

「なぜって、ネットのニュースを調べてみてわかったんだよ」僕は自分の考えを纏《まと》める時にいつもしているように架空の助手に向かって話した。「先月の頭ぐらいから、突然通り魔や事故のニュースが増え始めたんだ」

「それがどうしたと言うんです？　事故や通り魔などいつだってあったでしょう？」

「そりゃ、もちろんあっても不思議ではないさ。だけど、ある日を境にして、爆発的に増えたんだ。ニュースになった分だけでも、一日に百件はあった」

「それは不思議ですね。でも、どうしてそれが侵略なんですか？　ただ、不注意者や不心得者が増えたってだけなんじゃないですか？」

「それがどれも妙なんだよ。事故も通り魔も殆《ほとん》ど目撃者がいないんだ。どれも、気が付いたら人が倒れてたって言うんだ」

「でも、通り魔と事故とではかなり状況が違うでしょ」

「それが記事を読むとよくわかるんだけど、『通り魔』とか『事故』というのは、警察が勝手に決めているんだ。実際には両者とも殆ど同じ状況だったんじゃないかと思う。人が倒れていて、周囲に原因になりそうなものがあったらとりあえず事故で、原因がわからないものは通り魔のせいにする」

「具体的にはどういうことです？」

「例えば、道路で血塗《ちまみ》れになって倒れていたら、まず交通事故ということになる。川の中で死んでいたら誤って落ちて溺死《できし》したか自殺。でも、家の中で刺し傷を負って死んでいたり、公園のど真ん中で何かに頭を潰《つぶ》されて死んでいたりしたら、これはもう事故と言い張る訳にはいかなくて、通り魔ということにしなくちゃならない」

「でも、最近もうそんな記事はあまり出てないですよ。侵略だとしたら、勝手に収まるのは変じゃないですか？」

「いやいや。全然収まってなんかいないんだよ」

「でも、ニュースには――」

「ニュースにならなくなったのは、もはやニュース性がなくなったからだよ」

「どういうことです？」

「例えば交通事故で年間何千人も死亡しているのは知ってるかな？」

「よく知りませんが、そんなものでしょうね」

「毎日、十人以上亡くなっている訳だが、その全部がニュースになっているかな？」

「う～ん。どうなんでしょう？」

「もっと言うなら、自殺者は年間数万人だ。毎日百人近い人間が自殺しているけど、それが全部ニュースになっているかい？」

「それは確実に違います。時々、纏《まと》まって記事になることがありますけど、毎日じゃありませんね」

「突然、自殺が増えたりするように見えるのは単なる新聞記者の気まぐれだよ。他に大きなニュースがない時に、たまたまその日に起きた自殺を関連ニュースとして纏めて記事にしたりする訳だ」

「だったら、先月事故や通り魔のニュースが増えたのも同じではないですか？」

「さっきも言った通り、交通事故は年間数千件程度だ。その他の事故を合わせても、二倍にもならないだろう。殺人件数も千数百件程度だから、一日当たり三、四件だ。一日に百件というのはどう考えても多すぎる」

「でも、もう収まったんでしょ？」

「さっきも言ったが、収まった訳じゃない。ただ、あんまり件数が多いので、ニュース性がなくなってしまったんだ。自殺を一つ一つ報道しないのと同じようなものだ。戦争中の国で兵士一人一人の死を報道したりすると思うかい？」

「どうして収まってないとわかるんですか？」

「身の回りで、起き続けているからだよ。このひと月で同級生が三人も亡くなった。そして、行方不明が二人。僕の父方の叔父《おじ》さんも事故で亡くなったということだし、母方の従兄弟《いとこ》も二人通り魔に遭って亡くなっている。それから、町内で五人も姿を消していることに、僕は気付いているんだよ」

「そんな大事件なら警察が手を打っているんじゃないですか？」

「たぶん何らかの行動は起こしてるんだろうね。だけど、そのことに関して報道はされないんじゃないかと思う」

「どうしてですか？」

「だって、原因が不明なのに、発表したりしたら、社会不安が増すじゃないか」

「そんなものですか」

「ああ。たぶんね。それ以外、考えられない」

「でも、どうして侵略だと？」

「もし、外傷もなく死亡原因が不明だったら、未知の伝染病だということになるかもしれない。だけど、みんな物理的なダメージを受けて死んでいるんだ。何らかの意思を持った存在が関与しているとしか考えられないじゃないか」

「仮に外国の特殊部隊が侵入しているとして、個別に一人一人殺害したりしますか？　それに、目撃者が現れないのはどうしたことです？　仮に一人きりの時を狙ったとして、時には殺し損ねることがあるでしょう。どうして、危うく難を逃れた人の証言がないんですか？」

「それはつまり相手は人類ではないからだよ」

「そんな突拍子もない」

「いやいや。冷静に考察すると、それ以外にはあり得ないことがわかる。大規模な攻撃を仕掛けずに個別の殺害を行っているのは、自らの存在を知られたくないためだ。そして現実に、その存在を知られずに殺戮《さつりく》を行うことに成功している。君は街の監視カメラが悉《ことごと》く破壊されていることに気が付いているかな？」

「本当ですか？」

「ああ。ある日いっせいにカメラが壊されていた。コンビニのものもマンションや個人の家のものも街角のものも。もちろん、すぐに修理されたけど、またすぐに壊される。今では品薄になったのか、殆ど放置されたままだ」

「侵略者がやったというのですか？　何の目的で？」

「自らの殺害現場を記録させないためだろう」

「なるほど。確かにすべての監視カメラを壊せば、記録は残らないですね。だからと言って、目撃者や生還者がいない事の説明にはなりませんよ」

「彼らはカメラだけを気にすればいいということだ。言葉を返せば、彼らは人間には認識できないということになる」

「透明だということですか？」

「そう。そして、おそらく無音で、無味無臭だ」

「五感に引っ掛からないということですか？」

「いや。少なくとも物理的な攻撃ができるんだから、触覚にはとらえられると思う。それから、無味というのも僕の言い過ぎかもしれない」

「まあ、いずれにしても、得体の知れないものを味わう気にはなれないでしょうから、味があるかどうかは、あんまり関係ないですね。しかし、透明だとすると、なぜカメラを恐れるんでしょうか？」

「本体そのものは映らなくても、殺害現場が録画されれば、透明な何者かによる犯行だとわかるからだよ。透明の怪物がそこらをうろついているとわかれば、いろいろ対策がとれるはずだからね」

「あなたは何か対策をとっているんですか？」

「ああ。僕はいつもスタンガンと催涙スプレーを持ち歩いているよ」

「未知の侵略者にそんなものが通用すると？」

「通用しないかもしれないが、一瞬の隙《すき》を突いて逃げることはできるかもしれないじゃないか。それに、僕は他の人よりちょっとだけ有利なんだ」

「どういう訳で？」

「僕は透明の怪物が存在するかもしれないと考えているからだ。もし透明の怪物が攻撃してきたら、心構えのない人間は何が起こったか理解することすらできないだろう。もちろん、落ち着いて状況を分析すれば、透明の存在に襲われていると結論付けられるかもしれない。だけど、人間というものは意想外の現象が起こると、すぐさまそれを受け入れることはできないんだ。何か既知の現象で説明しようとしてしまうか、もしくは混乱してパニックに陥るかだ。どっちにしても、せっかくの逃げたり反撃したりするチャンスを失ってしまうことになる。それに対して、僕は元々透明の侵略者の存在を推測しているんだから、万一襲われても、即座に対応した行動をとれる可能性が高いのさ」

「なるほど。それで、どのような行動をとられるつもりなんですか？」

「できれば侵略者を生け捕りにする。それが無理なら殺すか、もしくは何らかの痕跡《こんせき》を採取するんだ」

「どうしてそんなことを？」

「やつらが存在する証拠だからね。それを公表すれば、政府や警察は対策をとることになる」

「そんなことをすれば社会不安が増すんじゃなかったですか？」

「敵の正体がはっきりするんだから、仮に不安が発生してもすぐに沈静化するさ」

「でも、どうやって公表するんですか？」

「マスコミに知らせるんだ」

「マスコミが信じなかったら？」

「だったら、大学でもいい」

「大学の先生も信じてくれなかったら？」

「インターネットで公表するさ」

「個人のサイトでそんなことを書いて誰が信じるんですか？」

「まあ、信憑性《しんぴょうせい》が低く感じられるのは仕方がない。だけど、見た人の全員が否定するとは限らないだろ」

「はあ。まあ中には信じてくれる人もいるでしょうね」

「少しでも信じてくれる人がいたら、その人たちも侵略者に対する心構えができるだろ。そうしたら、さらにいろいろな証拠が出てくることだろう。そのうち、マスコミや国も動き出さざるを得なくなる」

「なるほど。ただ、その場合はネットやマスコミのいろいろな情報に紛れて、あなたが第一発見者だということがわからなくなってしまうのではありませんか？」

「僕はそれでも構わないさ。侵略者の脅威さえ取り除くことができたなら、僕個人の名誉なんて――」

「そんなところで何をしてるの？」

「何をって、これから起こる侵略者との戦いについて――」

「えっ？」

「あれ？　君は助手じゃない！」

「助手って誰よ？」裕子は面食らったようだった。

「ごめんごめん。つい、空想にふけってしまったんだ」

「わたしを空想の人物だと思ったの？」

「だから、ごめんて言ってるじゃないか」

「ごめんとかそういうことではないのよ。わたしは怒ってる訳じゃないし」

「なんだ」

「わたし、驚いてるの」

「えっ？」

「だって、目の前の人物が空想か現実かわからないなんて！」

「いや。わかるよ。君は現実の存在だ」

「だって、さっき、空想上の助手だと思ったんでしょ」

「それは君が唐突に現れるからだ」

「唐突ってどういうことよ。わたし、ちゃんと教室のドアを開けて入ってきたわよ」

「確かに、そう言われるとそうなんだけど――」

　僕は放課後一人で教室に残ってあれこれと空想するのが日課になっていた。だから、まさか他に生身の人間がいるなんて思わなかったから、声が聞こえても空想の助手だと錯覚してしまったのだ。よく考えると空想の助手は男性で聞こえた声は女性のものだったのだが、咄《とっ》嗟《さ》のことで、その事に考えが及ばなかったのだ。

　えっ？　生身の人間だって？

僕は目を擦《こす》った。

そこには生身の裕子がいた。長い髪に印象的な眉《まゆ》と黒目がちで大きな目。透き通るような肌とピンクの唇。

「わあ。わわわあ!!」僕は叫んだ。

「急にどうしたのよ?」

「だって、君がここにいる!」

「今、気付いたみたいな言い方ね」

「二人っきりだ!」

「人聞きの悪いこと言わないで。二人っきりったって、自分の部屋とかじゃなくて教室よ」

「わあ。わわわあ!!」僕は叫んだ。

「どうしたのよ?」

「教室で二人っきりだ!!」

「だから、それがどうしたのよ!?」

「だって、びっくりするじゃないか」

「びっくりしたのは、こっちよ。忘れ物を取りに戻ったら、あなたが薄暗い教室の中で、へらへらしながら、何か呟《つぶや》いているから声を掛けただけなのに」

「へらへら? 僕、へらへらしてた?」

「ええ。マスコミとか、侵略者とか言って」

「あっ。僕、声出してたんだ」

「空想するのは自由だけど、声出したりしたら、どん引きされるわよ」裕子は携帯機器を差し出した。「凄《すご》かったから、思わず撮《と》っちゃったわ」

そこには空間に向かって嬉《うれ》しそうに何かを語りかけている僕が映っていた。

「君、いつもビデオカメラなんて持ち歩いてるの？」

「今時、何言ってるの？　これ、ケータイよ。携帯電話」

「へぇ。こんな機能あるんだ？」

「あなたの携帯にも付いてるんじゃないの？」

「僕のにはそんな高度な機能は――」僕は携帯を取り出して見せた。

「わたしのと同じ機種じゃない」

「本当だ。ほお。こうすれば撮れるのか」

「とにかく、自分が声出してたのはわかったでしょ」

「まさか声出してるなんて、自分でも知らなかったよ」

「それであなたは何にびっくりしたのよ」

「君がいたから」

「だから、忘れ物ぐらい誰でもするでしょ。今まで忘れ物取りに教室に戻ってきた人いなかった？」

「まあ、月に何人かは」

「だったら、そんなに驚かなくたっていいじゃない。毎回、そんなリアクション？」

僕は首を振った。「いつもはもっとクールな感じだよ」

「じゃあ、何でそんなに驚いたのよ」

「だって、君がいたから」

「だから、今までだって忘れ物取りにきた人は――」裕子は何かに気付いたようだった。

「ん？『君がいたから』っていうのは、このわたしがいたからってこと？」

「そうだよ。本当にびっくりしたよ」

「他の人だったら、そんなにびっくりしなかったって？」

「そうだよ」

「それって何？ わたしの顔が人を驚かせるような類のものだってこと？ だったら、相当失礼よ」

「まさか。そんな事ある訳ないよ」

「じゃあ、何でわたしだとびっくりするのよ？」

「だって、君は僕の片思いの相手だもの」

裕子はきょとんと僕の顔を見詰めた。「何？ 今わたし聞き間違いした？」

「僕の言葉が君にどう聞こえたかがわからないと、その質問には答えられない」

「まるで、あなたがわたしに片思いしてるって言ってるように聞こえたのよ」

「聞き間違いじゃないよ」

「でも、そんなこと、そんなさらっと言わないでしょ」

「あっ。ごめん言っちゃ悪かった？」

「いいえ。悪くなんかないけど、あんまり唐突な告白だったんで――」

「告白？」

「告白――だよね？」

「そうなのかな？」

「告白じゃなかったら何よ？」

「報告とか」

「告白でしょ」

「告白って、秘密にしていたことを打ち明けることだろ？」

「まあ、辞書的にはそういうことね」

「別に秘密じゃないから」

「みんなに言ってたの？」

「みんなじゃないけど」

「誰に言ったの？　親友？」

「親友っていうか――助手とかには」

「助手って、さっきわたしが来るまで話をしていた助手？」

「うん」

裕子は目をぱちくりさせた。

僕はそんな彼女を見ていると、胸が苦しくなった。

「どうしたの？　具合悪そうだけど」

「君を見てると、胸がぐっとなるんだ」

「それはきっと恋よ。わたしも経験あるわ」

「あっ。君、経験済みなんだ」

「そんな言い方は人聞き悪いって」

「少なくとも、僕たちは共通点があるんだね」

「そんな言い方は気味悪がる人がいると思うから止めた方がいいかもね」彼女は言った。

「それで返事は今すぐした方がいいの？」

「返事って？」

「告白への返事よ」

「告白への返事ってあるの？」

「そりゃそうでしょ」

「でも、わざわざ君に答えて貰《もら》わなくても君に片思いしているのは自分でわかってるよ」

「なんで、わたしがあなたの気持ちを答えなくちゃならないの？」

「じゃあ、何について返事するのかな？」

「わたしの気持ちよ」

「君の気持ち？」

「そう」裕子は頷《うなず》いた。「わたしがあなたをどう思っているか？　そして、付き合う気があるか、どうか」

「うわっ！」

「どうしたの？」

「そんなこと全然考えてなかったから」

「まだ付き合ったりするには早過ぎるってこと？」

「そうじゃなくて、君が僕のことをどう思ってるかなんて、考えてもみなかったから」

「何それ？」裕子は目を丸くした。「わたしの気持ちはどうでもいいってこと？」

「そういうことでもないんだ。ただ、そういうことには思い至らなかったっていうか——」

「でも、普通誰かを好きになったら、その人が自分の事どう思ってるか、気になるわよね」

「言われてみると、気になるかも。というか、なんだか気になってきた。俄然、気になる」

「で、わたしの気持ちはすぐに答えていいの？　それとも、日を置いた方がいいの？」

「ええと。ちょっと待って」僕は頭の中でシミュレーションした。「仮に君も僕のことを好きだったとするよ」

「仮にね」

「となると、その返事は僕にとって好ましいものだ。だとすると、次の問題は付き合っていいか、どうかだ。確かにまだ早過ぎるような気もしないではない」

「その心配は、わたしもあなたが好きだという返事があってからでいいんじゃない？」

「なるほど。尤《もっと》もな意見だ。では、次に、仮に君は僕の事を好きな訳じゃなかったとしてみる」

「それも仮定ということにしとくのね」

「その場合は、現状より好転する訳ではない。だけど、元々片思いだったのだから、特に悪化するという訳ではない」

「そういう割り切り方ができたら、凄いと思うわ。なんだか羨《うらや》ましい」

「そうかな？　そこまで言われると、ちょっと照れちゃうよ」頬《ほお》が赤らむのが自分でもわかった。

「もう一つの可能性を指摘してもいいかしら？」

「まだあるのかい？」

「ええ。わたしがあなたの事を嫌いだという可能性よ」

「それはさっきの『君は僕の事を好きな訳じゃなかった』というのに含まれているのさ」

「『嫌い』と『好きな訳じゃない』は意味が違うわ」

「当然だよ。同じじゃない。『嫌い』は『好きな訳じゃない』に含まれるんだ。論理的にね」

「そんなミスター・スポックみたいな言い方しないでよ。『嫌い』と『好きな訳じゃない』ではニュアンスが全く違うでしょ」

「確かに、『好きな訳じゃない』には『好きでも嫌いでもない』が含まれているから、中立的な印象が強いかもしれないね。『嫌い』だと拒絶の意思表示ともとれる」

「そうとれるんじゃなくて、まさに拒絶よ」

「でも、僕は『嫌よ嫌よも好きのうち』という格言を聞いたことがあるんだけど」

「それは格言じゃなくて、俗諺《ぞくげん》よ」

「でも、あるんだろ」

「そんなの信じちゃだめよ」

「『嫌よ嫌よ』は好きのうちじゃないってこと？」

「極稀《ごくまれ》にそういうこともあるけど、たいていは違うの。『嫌よ嫌よも好きのうち』はむしろ例外的よ」

「例外的なのに、諺《ことわざ》になってるんだ」

「諺はなんでも正しいって訳じゃないのよ。だいたい『嫌よ嫌よも好きのうち』が正しいとしたら、本当に嫌な人には何て言ったらいいのよ？」

「なるほど。『好き』が好きという意味で、『嫌』も好きのうちだったら、どう答えても好きという意味になるね」

「だから、『嫌』は文字通り『嫌』だと考えてね。少なくともわたしの『嫌』は本当に『嫌』って意味だから。理解した？」

「ああ。理解したよ」

「じゃあ、わたしがあなたの告白に対して、『あなたのことを嫌だと思っている』と答える可能性も考慮して、この場でわたしの答えを聞きたいかどうか考えてみて」

「しかし、好きだと告白した男性に面と向かって『嫌』なんて言えるものだろうか？」

「時と場合によるのよ。あなたのようなタイプに微妙な言い回しは反《かえ》って誤解の元よ。酷なようだけど、はっきりと嫌だという事を伝えるのが本人のためでもあるのよ」

「つまり、もし君が僕のことを嫌だと思ったら、はっきりと『嫌』だと答えるし、それは『好きのうち』なんかではなく、本当に『嫌』だという意味だという事なんだね」

「ええ。そうよ」

僕は腕組みをして、考え込んだ。「そう言われると、今すぐ返事を聞かない方がいいような気がしたよ。万一、君に『嫌』なんて言われたら、死にたい気分になるかもしれない。あくまで、仮定の話だけど」

「言っておくけど、わたしはあなたが死にたい気分になるかどうかは気にせず、嫌なら嫌とはっきり言うわよ。だから、わたしが嫌と言っても、あなたがそれに耐えられる程の心の準備ができるまで、返事をするのを待ってあげてもいいわ」

「ありがとう。その方が助かるよ」

「で、いつ答えればいいの？」

「どうかな？　今すぐでもいいような気がするけど、二、三年待って貰《もら》った方がいいような気もするし――」

「待って、どうなるの？　もうわたしの頭の中で答え決まってるんだけど」

「そうじゃない。だって、僕はまだ観測していないんだもの」

「観測？」

「君に答えを聞くことで、僕は君の心を観測することになる。その時点で答えがどちらかに収束するんだ」

「それって、あれ？　『シュレディンガーの猫』みたいな話？」

「みたいじゃなくて、まさにその話だよ」

「馬鹿馬鹿しい。『箱の中の猫』と『わたしの頭の中の答え』は全然違うわ」

「同じだよ。どちらも観測する前の収束していない波動関数の状態だ」

裕子はしばらくきょとんと僕の顔を見詰めてから、文章を棒読みするような調子で言った。

「じゃあ、とりあえず心の準備ができたら教えてくれたらいいわ。どうせ、わたしには急いで返事をする理由もないんだし」

「ありがとう」

「どういたしまして。じゃあね。忘れ物あったから帰るわ」

裕子はぴしゃりと教室の扉を閉めて出ていった。

僕はいつでも、自分の好きな時に裕子の答えを知ることができる権利を手に入れたんだ。

そう思うと、胸が高鳴り、頬が熱くなった。

もちろん、僕はまだ裕子の頭の中を観測していないので、彼女の僕に対する好悪はまだ決定していない。だから、観測するまでに、できるだけ僕を好きだという状態に収束しやすい状況を整えればいいんだ。具体的にどうすればいいのか皆目見当も付かないが、まあそれはおいおい考えればいいだろう。

とりあえず、ここしばらくはこの幸福な感覚に身を委ねることにしよう。

悲鳴が聞こえた。

ああ。彼女の声だ。僕は幸せを噛《か》み締めた。

いや。待て。今のは悲鳴だった。何事だ？　ここは学校の中だ。どんな危険があるというんだ？

もちろんいっぱいある。

公立校ということもあって、部外者も比較的簡単に侵入できる。

だが、僕は単なる部外者という可能性を超えた胸騒ぎを感じた。

そう。未知の侵略者が学校にも入り込んでいるかもしれない。思い過ごしであってくれればいいが、確率的にはそれが最も高い。

敵は見えない怪物だ。しかも、人間を殺すのに躊躇《ちゅうちょ》しない。このままでは彼女が危ない。

僕はスタンガンと催涙スプレーをポケットに突っ込むと、廊下に飛び出した。

彼女の姿はない。

「どこにいる!?」僕は叫んだ。

再び悲鳴がした。さらに切羽詰まっている。

どうやら階段を下りたところらしい。

僕は縺《もつ》れる足を叱咤《しった》しながら、階段を転げるように駆け下りた。

僕は裕子と重なり合うように廊下を這《は》っていた。

「ちょっと何してるのよ？」裕子は苦しそうに言った。

「えっ!?」僕は戸惑った。「その――君を助けに来たんだよ」

「それが突然わたしを押し倒した言い訳？」

「押し倒した？　僕が？」

「この状況はどう見てもそうでしょ」

「それは誤解だ。僕は君の悲鳴を聞いて慌てて階段を駆け下りたんだ。たぶんその拍子に――」

「悲鳴？　何のこと？　わたし悲鳴なんか上げてないわ」

「悲鳴を上げた覚えがないって？」僕は周囲を見渡した。

これは興味深い。

「ええ。階段を下りたら、突然あなたに押し倒されたのよ。悲鳴を上げたとしたら、その時かもしれないわ」

「階段を下りた事は覚えてるんだね。二階から一階に。そして、悲鳴を上げたことは覚えていない」

「ええ。そうよ。それが何か？」

「僕が押し倒したことははっきりと覚えている？」

「はっきりと、というか、現にこうなってるじゃない」

「僕が君を押し倒したのを確認した訳じゃないんだね」

「そう言われれば、そうだけど、咄嗟《とっさ》のことで一瞬何が何だか――」

「じゃあ、外に出たことは覚えてるかい？」

「外？　何、言ってるの？」

「覚えてないんだね」

「いったい、いつわたしが外に出たって言う――」彼女はようやく周囲の状況に気付いたようだった。「どういうこと？」

僕たち二人は外にいた。夕闇《ゆうやみ》迫る校内の渡り廊下だ。人影はない。

「僕が覚えているのは、君が教室から出た事、そして君の悲鳴を聞いて慌てて、廊下に飛び出し、階段を下りた事、そして君と二人で渡り廊下を這っていた事だ」

「二人の記憶が矛盾してるわ」

「正確に言うと矛盾している訳じゃない。記憶している箇所が違うんだ」

「何を言ってるの？」

「僕たちの記憶には欠落がある」

「まさか、わたしが記憶喪失になったと言うんじゃないでしょうね」

「記憶喪失ほど大げさじゃない。ただ、記憶障害であることは間違いない」

「そんな事信じやしないわ。ねえ。どいてくれる？」

「怪我《けが》の事は覚えている？　僕は覚えてないんだが」

「怪我？　いつの話よ？」

「たぶん、数十秒かそこら前の話だ」僕は彼女の腕を指差した。

二の腕から肘《ひじ》を越えて手首に掛けて、大きく切り裂かれていた。大量の出血が彼女の制服を真紅に染めていた。

裕子は悲鳴を上げた。

そう。やはりさっきのは彼女の悲鳴だ。

彼女の目から光が消えそうになった。

「気を確かに持つんだ。傷は深いが命に別条はない。手当てをすればどうということはない」

「あなたがやったの？」裕子は僕を睨《にら》み付けた。

「たぶん、そうじゃない。これは誰がやったと思う？」僕は裕子に自分の太腿《ふともも》を見せた。

ズボンと皮膚《ひふ》が切り裂かれ、これもまた大量の血が溢《あふ》れ出していた。

「いったいどういうこと？」

「何かで切られたんだ。刃物のような鋭利なものではなく、何か鉤爪《かぎづめ》のような尖《とが》ったもので、無理矢理切り裂いた感じだ。君のと同じだよ」

「うぐわぁー」裕子は呻《うめ》いた。

「どうした？」

「急に痛みが」

「怪我をしたことを忘れてたから、一瞬痛みも遠のいてたようだね。――うぐわぁー」

「あなたも？」

「うん。何とか動かせるから、筋肉や骨は無事らしい」

「とにかく救急車を呼ばないと」

「駄目だ」僕は毅然《きぜん》とした態度で言った。「とりあえず、現状の危機を何とかするんだ。助けを呼ぶのは一段落してからでいい」

「現状の危機って何よ？」

「君と僕を傷付けた犯人だ。僕が駆けつけなかったら、恐らく君は殺されていた」

「まさか。殺されていた、だなんて大げさな」

「気付かない間に僕たちにこんな傷を付けられる存在が近くにいるんだ。侮《あなど》っていいはずがない」

「じゃあどうすればいいの？」

「とにかく隠れるんだ」

「隠れるってどこに？　どんな相手かもわからないのに」

「そう。それが問題だ」僕は手で押さえて傷の具合を確認した。「僕たちはどこに向かおうとしていたんだろうか？」

「何を言ってるの？」

「僕たちは敵に出遭った。そして、なんとかそいつから逃れた。次は身を隠すことを考えたはずだ。この渡り廊下の先には何がある？」

「花壇。それから体育館の倉庫の外側の入り口」

「とりあえず、そこに逃げ込もう」僕はふらふらと立ち上がると、足を引き摺《ひず》りながら倉庫に向かった。

「肩貸そうか？」

「その申し出は嬉しいけど、二人は少し離れていた方がいい。どちらか一方が攻撃を受けてももう一人が対処できる」

倉庫の鍵《かぎ》は開いていた。鉄製の扉をがらがらと引き、中に転げ込んだ。

慌てて扉を閉め、鍵を掛ける。以前、この倉庫に生徒が閉じ込められる事件があってから、鍵は中からも開け閉めができるように改善されていた。

「これからどうするの？」

「君はここに隠れているんだ。僕はもう一度外に出る」

「何のために出るの？」

「敵の正体を突き止めるため。できれば、倒すため」

「何でそんなことをする必要があるの？　ここで助けを待てばいいじゃない。本当に外に何かいるとしてだけどね」

「警察や救急隊が駆けつけるまで、十分以上かかる。その十分が命取りになる可能性がある」

「相手は何だかわからないやつなんでしょ？　どうやってやっつけるつもりなのよ？」

「それも、これから考える。戦いながら探るしかない」

「そんなめちゃくちゃな」

「めちゃくちゃに見えるかもしれないけど、これが最も論理的な選択肢なんだって」僕は自分のカッターシャツを脱ぎ、引き裂いた。

「あなたが外に出ている間に救急車呼ぶわよ」

「できれば、じっと静かにしていて欲しいけど、君が呼ぶというのなら止められないよ。ただ、できれば救急車じゃなくて警察を呼んで欲しいけど」僕はシャツを引き裂いて作った紐《ひも》で彼女の腕の付け根を縛った。

「どうして警察？」

「救急隊員は襲われても反撃できない可能性が高いけど、警官なら攻撃にはある程度対処できるはずだからね」

「あなたの傷の応急処置はしなくていいの？」

「数分間ぐらいなら、止血しなくても死にはしない。やつとの戦いはそのぐらいの時間で決着が付くはずだ」

「もし長引いたら？」

「長引いた時点で僕らの負けだ。こんな攻撃を何度も受けて生き延びられると思うかい?」

「わかったわ。でも、もしそんな敵がいて、そしてあなたが勝ったら、その時は何が起こったのか、ちゃんと説明して」

「もちろんだよ」僕は鍵を開け、そっと外に出た。「鍵を掛けて」

かちりと鍵が掛かる音がした。

僕は音を立てないようにして、その場を離れた。

彼女が倉庫に隠れていることは悟られてはいけない。だから、敵と遭遇する前に出来るだけ、倉庫から離れておかなければ。

僕はグラウンドへと向かった。広い場所なら、突然襲い掛かられることはないだろう。逆に言うと、隠れる場所もないのだが。

携帯電話を取り出し、ビデオ撮影を開始する。

「やはり敵は目に見えない侵略者なんですか?」助手が尋ねた。

「敵が目に見えない可能性は依然として残っている。だが、その可能性はさほど高くはないだろう」僕は周囲を見回しながら答えた。

「どういうことですか?　あなたも彼女も敵を見なかったのでしょ?」

「おそらくは見なかったのではない」

「どういうことですか?」

「敵は『見えない』のではない。『記憶できない』んだ」

「まさか、そんなこと」

「どうしてないと言える？　敵が『記憶できない』存在だとすると、すべてに辻褄《つじつま》が合う。なぜ目撃者が一人もいないのか？　それは目撃しても、敵を記憶することができないからだ。中には殺害に失敗する事もあっただろうが、被害者はその事を記憶できないんだ。仮に傷付けられたとしても、なぜ怪我をしているのか、理解できないだろう」

「しかし、あなたは敵からの攻撃だと見抜かれました」

「僕は侵略者の存在を予想していたからだ。だから、自分の身に起こったことがすぐに理解できた。ただ、まさか記憶できないとは思ってもみなかったけどね」

「『記憶できない敵』と『見えない敵』はどちらが厄介なのでしょう？」

「『見えない敵』だ。『見えない敵』は見えないという属性がわかってしまえば、なんらかの対処が可能だ。だが、『記憶できない敵』は攻撃を受けた事自体覚えていられないし、『記憶できない敵』から攻撃されているとわかったとして、対処方法がわからない。そいつは素早いのか？　大きいのか？　力は強いのか？　飛べるのか？　何度戦っても、その度に未知の敵との戦いになるんだ」

「だとすると、この戦いに勝つのはほぼ絶望的なのでは？」

「そんなことはない。僕はすでにいくつかの希望を見出したよ」

「どんな希望ですか？」

「まずは、この侵略者が我々人類を襲っているということだ」

「それは希望ではなく、絶望なのでは？」

「とんでもない。彼らは我々の記憶に残らない存在だ。原理的には、どこで何をしても我々はそれを記憶しない。つまり、彼らは完全に自由なんだ。人類などとるに足りない存在のはずだ。しかるに侵略者は人類を攻撃している。これは我々人類が彼らにとって何らかの脅威であることを示している」

「それがどうして希望なんですか？」

「彼らが我々を恐れているということはつまり我々には彼らを脅かす力が備わっているということだ」

「それは具体的にはどういうものなんですか？」

「それはおいおい分析することにしよう」

僕は校舎の中にいた。廊下を走っている。

「うっ！」右肩が抉《えぐ》れている。

「どうしたのですか？」

「また、やつに遭遇したようだ」僕は左の掌《てのひら》を見た。

横一文字《いちもんじ》に赤い筋のような傷ができている。僕は画面を見ずに携帯電話を操作し、ビデオ映像を消去した。

「他にも希望はあるのですか？」

「こうして生きていることだよ」僕はビデオ撮影を再開した。

「現状を明るく見ようという精神論ですか？」

「そうじゃない。もし敵が圧倒的な強さを持っていたとしたら、僕らは助からなかったはずだ。そうだろ？」

「確かに、人間の一万倍の速さで動けるとか、見ただけで石になるとかだったら、逃げ出すことすらできませんからね」

「少なくとも敵は心の準備をしている人間を一瞬で殺すような真似《まね》はできないということだ」

「確かに希望が見えてきましたね。敵には何らかの弱点があり、それゆえ人類を恐れている。そして、一人の人間を問答無用で抹殺する程の能力もないという訳ですね」

「もう一つよい兆候がある」

「何ですか？」

・水音。口の中に水が入ってきた。プール開きの前のどろどろのプールの中だ。

右手に携帯を持ち、水に漬からないように持ち上げている。

僕は慌てて、プールサイドに飛び出す。

自分から飛び込んだのか？　それとも、敵に突き落とされたのか？

ここの水は傷にはあまりよさそうではないが、どうしようもない。

ポケットの中に手を突っ込み、スタンガンを取り出す。

果たして、僕はこれを敵に使ったんだろうか？

スイッチを押したが、作動しない。

水に濡《ぬ》れて壊れたようだ。

僕はスタンガンを投げ捨て、左の掌を見た。

二本目の横一文字の傷だ。

僕は舌打ちをし、携帯のビデオファイルを消去した。

「三つ目のよい兆《きざ》し、それは侵略者が監視カメラを破壊したということだ」

「それはつまり、侵略者は人間の記憶には残らないけれど、カメラの記録には残るということですか？」

「その通り。だから、カメラを使えば、侵略者の姿を残すことができるんだよ」

「しかし、あなたは今まで二度もカメラのビデオファイルを消去しましたね」

「ああ。確かに消去したよ」僕はビデオ撮影を再開した。

「その行動は矛盾しているように思います」

「どういう理由で？」

「つまり、先程消したファイルには侵略者の姿が記録されていた可能性が高いのではないですか？」

「ほぼ間違いなく、記録されていただろうね」

「じゃあ、どうして、それを消してしまったのですか？　せっかくのチャンスだったのに」

「何のチャンス？」

「侵略者の姿を知るチャンスです」

「ただ、侵略者の姿を知るだけでは意味がないんだ。人類が有利になる姿を知らなくては」

「『人類が有利になる姿』とはつまりどういうことですか？」

「敵の姿が巨大な怪物だったり、鋼鉄のマシーンだったり、不定形のプラズマ生命だったりしたら、人類が立ち向かうのに不利だとは思わないかい？」

「まあ、絶対に勝てないとは言えませんが、不利でしょうね」

「逆にひ弱な小動物だったり、身動きが取れないような贅肉《ぜいにく》の塊だったり、干からびかかった植物だったりしたら、人類にとって有利だと思わないか？」

「それはかなり有利でしょうね」

「だから、僕は人類にとって有利になるような侵略者の姿を知りたいんだ」

「申し訳ありませんが、あなたのおっしゃる意味が――」

悲鳴がした。長く引き摺るような悲鳴。

裕子の悲鳴だ。

僕は迷った。彼女の元に駆けつけるべきか、それとも、ここで戦いを続けるべきか。

悲鳴は唐突に終わった。まるで何者かが強制的にかき消したかのように。

僕はごくりと喉《のど》を鳴らして唾《つば》を飲み込んだ。

僕の考えが正しければ、彼女を助けられる可能性はある。

だけど、もし僕の考えが間違っていたとしたら――。

僕はぶるぶると首を振った。

「どうしたんですか？　なぜ彼女を助けに行かないのですか？」

「駄目だ。行く意味がない」

「何を言ってるんです？　まだ彼女が殺されたと決まった訳ではないでしょう」

「そう。彼女は殺されたと決まった訳ではない。だからこそ、僕は助けには行けない」

「彼女は今あなたの助けを待っているかもしれないのですよ」

「駄目だ。今はまだ、彼女を観測する訳にはいかない。彼女と人類を守るために」

僕は蹲《うずくま》った。

「うっ」げぼげぼと激しく吐いた。

ここは校舎裏だ。

掌を見る。

よく見えない。明るい場所へと移動しなくては。

突然、視界が開ける。

屋上に寝転んでいる。

くたくただ。息が上がっている。

かなり長く戦っていたようだ。あるいは、逃げ回っていただけか。

僕は掌を見た。横の傷が二本増えていた。

少なくともせっかくのチャンスを逃した訳ではないらしい。

僕はビデオファイルを消し、撮影を再開する。

しかし、喜んではいられない。

だんだんと事態は悪い方へと向かっているのは間違いない。

耳を澄ます。

聞こえるのは街の騒音。

彼女の悲鳴は聞こえない。

サイレンの音も。

警察や救急隊は来たのだろうか？　それとも、彼女は呼ばなかったのだろうか？

もし警察が来ていたとしたら、すでに全滅したのだろうか？

なるべくなら、そのような事実は観測したくなかった。

制服の上着はぼろぼろになっていた。

何かに切り裂かれたあとだ。

破れは平行に三本並んでいた。

すでに観測してしまった。今更目を背けても仕方がない。

これは鉤爪の跡だろう。侵略者には鉤爪がある。そして、それは少なくとも三本だ。片手に三本なのか、両腕に三本ずつなのか、それとももっと腕があるのか。

そもそも、この情報は有利なのか不利なのか、判断が付かなかった。

僕はよろよろと立ち上がった。

屋上から下りる階段への扉は閉まっていた。

耳を当てる。

物音はない。

そこにいて、息を殺しているのか？　それとも、すでに立ち去ったのか？

僕はゆっくりと扉を開ける。

何もいない。

僕はゆっくりと階段を下りる。

催涙スプレーはまだポケットに入っている。中身があるのか、どうかもわからないが、とりあえず持っていこう。万一中身がなくなっていたとしても、投げ付けることぐらいはできるだろう。

もう逃げることに意味はない。自分から対峙《たいじ》するようにしなければ。

「侵略者野郎、どこにいる!?　僕はここにいるぞ！」西日の光が入った校舎内に声が響き渡る。

何の反応もない。

敵は僕の思惑に気付いて警戒しているのだろうか？　ひょっとするとすでに逃げてしまったのか？

僕は迷った。

ここで敵を待っているより、瀕死《ひんし》の重傷を負って助けを待っているかもしれない彼女を助けに行くべきではないのか？

だが、僕はそうはしなかった。僕は自分の直感を信ずることにしたのだ。ここで敵と対峙することで彼女を救うことができるはずだ。

この校舎の最上階には敵はいないようだった。

僕は周囲を見回しながら、階段を下りた。

廊下に何者かがいた。

僕は息を飲んだ。

それは動かなかった。

廊下に張り付いているようだ。僕は期待に胸を膨らませて、それに近寄った。

残念なことにそれは男子生徒の死体だった。

後ろから襲われたらしい。無残な切り傷が残っている。

彼には可哀《かわい》そうなことをしてしまった。だが、観測してしまったら、もうどうしようもない。

僕はもう一度叫んで、敵を挑発した。だが、この階にもいないようだった。

僕はさらに階段を下りた。

僕は床に倒れ込んでいた。

起き上がろうとすると、足首と腋腹《わきばら》に張り裂けるような痛みを感じた。

僕は唸《うな》りながら、階段を見上げた。

階段の途中から落ちたのか？　どうして？　逃げる途中に足を踏みはずしたのか？　それとも、侵略者に突き落とされたのか？

掌を見、そしてビデオファイルを消去し、撮影を再開する。

もう駄目かもしれない。

涙が溢《あふ》れ出した。

もう僕も裕子も助からないかもしれない。

そして、人類も。

事態はどんどん確定に向かって突き進んでいく。

僕は気付かなかった方がよかったのだろうか？　僕がやつらに気付かず大人しく殺されていたら、きっと他の誰かが人類のために戦ってくれただろう。

それなのに、僕は気付き、そして生き延びてしまった。その結果、人類にとって、最悪の選択をしようとしているのかもしれない。

もし、今僕が諦めて、侵略者に身を委ねて殺されたら、どうなるんだろうか？　僕のやったことはすべてキャンセルされ、人類には再びチャンスが訪れるのだろうか？　もし、そうだとしたら――。

僕は首を振った。何を考えているんだ？

ここで、諦めたら、僕だけではなく、裕子も命を失うことになる。

僕は廊下を這いずった。ポケットから催涙スプレーを取り出す。

あと何回チャンスがあるのか？　確率計算で割り出せるのかもしれないが、今はとてもそんな余裕はない。しかし、僕の直感はこれが最後のチャンスだと告げていた。

さあ。来い。侵略者。

外だ。裕子の隠れている倉庫の近く。僕は地面を這いずっている。

なぜ、こんなところに来てしまったのか？

ずるずるという気配を背後に感じた。

では、今やつに邂逅《かいこう》しているのか？

戦いか、もしくは逃走のさなか、一瞬やつから目を離した瞬間なのか？

目の前には潰れたスプレー缶が転がっていた。

今振り返れば、侵略者の姿を見ることになる。それによって何が起こるのか？

僕は混乱して何をすればいいのかわからなくなっていた。

どす黒い殺気はすぐ後ろに迫っている。次の瞬間、僕は殺されてしまうかもしれない。

だが、振り向くのが正解なのか？

落ち着くんだ。迂闊《うかつ》に行動すると、取り返しのつかないことになる。一瞬の判断ミスで、自分と裕子の命、そして人類の未来が失われてしまう。

何かが背中に触れた。

駄目だ。観測するな。

僕は掌を見た。

そこには縦にジグザグの傷が付けられていた。決して、自然に付いたものではない。

携帯電話はどこだ？

それはスプレー缶の先に転がっていた。

僕は腕を伸ばした。

何かが肩に絡みつく。

こいつは僕の考えに勘付いている！

こいつには知性があるのだ。いや。これは前からわかっていたことだ。侵略者は意図的に街角の監視カメラを破壊していた。

下半身に何かが巻きついた。凄まじい力で締め付けてくる。

いや。この程度ならなんとか耐え切れる。

今なら、まだ間に合う。こいつの力が耐え切れなくなるほど強くなるのを観測してはいけない。

背中に鋭い痛みが走った。

鉤爪だ。これだけは、今からはどうしようもない。

僕はスプレー缶の残骸《ざんがい》に手を伸ばし、目を瞑《つぶ》って、背後の怪物にそれを叩き付けた。

一瞬、縛《いまし》めが緩む。

僕は必死に匍匐《ほふく》し、携帯電話を手に取った。

壊れてはいない。

だが、手が震えて、うまく操作ができない。

再び、痛みが背中を襲った。

明らかに脊椎《せきつい》を狙っている。

同時に首にしなやかなものが巻きつく。

息ができなくなり、星がちらつく。

あと少し。

僕はビデオファイルを再生した。

そこにはひ弱な怪物が映し出されていた。

内臓と脳髄《のうずい》が剝《む》き出しで、半透明な薄皮に包まれていた。ぷるぷると震えている。不定形生物のようにも見えたが、よく見ると鶏がらのような骨がゆらゆらと動いている。目や耳は退化していて、極めて貧弱だった。手足は魚の鰭《ひれ》のように薄く、蔦《つた》のように細長かった。ただ、なぜか鉤爪だけは立派で、その鋭い先端部には乾いた血がこびり付いていた。

「残念だったな」僕は怪物に言った。「人類の勝利だよ」

怪物は絶望の叫びを上げた。

僕は首に絡まる肢を引き千切った。体液と共に内臓と骨が流れ出す。退化した目で、僕を恨みがましく睨んだ。大きさは一メートル余り。

僕は一瞬の躊躇《ちゅうちょ》の後、怪物の頭を踏み潰した。

波紋が怪物の全身に広がり、あちらこちらで薄皮が弾けとんだ。

一秒ほど痙攣《けいれん》し、そして動かなくなった。

僕は怪物の体を細かく切り裂いた。

怪物は絶命しているらしく、なすがままだった。

呆気《あっけ》なかった。望んでいた以上かもしれない。

「これはいったいどういうことなんです？」助手が尋ねた。

「おやおや。君は危ない時には姿を消して、危機が去ったら現れるのかい？」

「それはあなたにわたしを登場させるだけの余裕がなかったからでしょ。そんな事より質問に答えてください。何が起こったのですか？」

「見たままだよ。侵略者は極めて脆弱《ぜいじゃく》だったんだよ。だから、僕は素手で引き裂いて殺すことができた」

「でも、こいつらはいままで大勢の人間を殺害したんですよね」

「それはつまり不意を襲ったからだよ。鉤爪だけは立派だからね。それにこんなホルモン焼きの材料みたいな怪物が突然現れたら、誰だって怯《ひる》むだろ」

「あなたは最初から、敵がこんな姿だと知っていたんですか？」

「もちろん。知らなかった。いや。知っていたのかな？」

「どっちなんですか？」

「ちょっと待ってくれ。考えを整理するから。――うん。そうだ。僕は侵略者がこんな姿だなんて全然知らなかった。ただ、そのような姿であることを知りたいと望んでいたんだ」

のですか？」

「ますます意味がわかりません。あなたが望んだから、彼らはこんな姿になったと言いたいのですか？」

「そんな訳はないだろう。彼らは最初からこんな姿だったんだ。――古典力学的な世界観ではね」

「また妙な言い回しをされますね」

「そうとしか言いようがないからね。そして、もちろん量子力学的世界観では、彼らの姿はさっきまで確定していなかった」

「どっちの世界観が正しいのですか？」

「どちらも正しい。というか、マクロレベルでは、両者は区別できないんだ」

「つまり、怪物の姿はずっと前から決まっていたと考えてもいいし、ついさっきまで確定していなかったと考えてもいいということですか？」

「そう。そして、どちらが正しいかは確認しようがない」

「でも、あなたはこの怪物を何度も目撃したはずですよね」

「そうだ。でも、記憶に残っていないので、以前の姿は検証できない」

「しかし、ビデオでも撮影していたではないですか」

「そうだ。でも、最後に撮影したファイルだけしか残っていない」

「何らかの電磁的な方法で消えたファイルをメモリ上に復元できるかもしれないですよ」

「そうだね。もし可能でそれを実行したら、そのビデオにはこれと同じ姿が映っているだろうね」

「量子力学的世界観ではそれもついさっき確定したということなのですか？」

僕は頷いた。「そして、もちろん古典力学的世界観では、最初から同じ姿が映っていたということになる」

「あなたがとった奇妙な行動は量子力学的世界観に基づいていたのですか？」

「その通りだ」

「あなたの行動の意味を教えていただけますか？」

「もちろんだよ。そうだね。まず、推理のきっかけについて説明しよう。僕は引っ掛かったんだ。なぜ侵略者は人類を襲うのだろうかと？」

「この世界を欲しかったからじゃないですか？」

「そうかもしれない。だけど、君、何度も言うが、彼らは人類の記憶に残らないんだ。わざわざ人類を襲わなくても自由気ままに活動できるじゃないか」

「でも、カメラには記録されるんでしょ。いつか見つかってしまうと思ったんじゃないですか？」

「そう。彼らは人類に見つかりたくなかったんだ。なぜだろう？」

「自由気ままに動けなくなるからじゃないですか？」

「確かに、それもあるだろう。だけど、僕はもっと別の理由があるんじゃないかと考えたんだ」

「どんな理由ですか?」

「彼らの存在を量子力学的に考えたんだ。記憶に残らないとはどういうことだろうかと」

「文字通りの意味でしょ」

「じゃあ、記憶とは何かな?」

「脳内の電気化学的な信号ですか?」

「量子力学的な意味を考えると、記憶とはつまり観測の痕跡なんだ」

「観測ですか?」

「量子力学の考え方によると、この世の物体はすべて波としての特性を持っている」

「実際にはそう見えませんね」

「多くの物理学者はその点に頭を悩ませた。そして、解釈方法をいくつか捻《ひね》り出した。その一つがコペンハーゲン解釈だ」

「つまり、物体というものは、観測した瞬間に波の性質を失うという解釈ですね。箱の中に隠れている猫は生きている状態と死んでいる状態の間で行きつ戻りつを繰り返す波の状態で存在している訳ですが、誰かが箱を開けて中を観測した瞬間にどちらかの状態に収束する」

「君もよく知っているじゃないか」

「でも、解釈は他にもあるでしょ。多世界解釈とか。これなら観測問題は回避できるのではないですか?」

「いやに詳しいね。しかし、多世界解釈で観測問題から逃れられるというのは誤解だよ」

「どういうことですか？」

「簡単に言うと、多世界解釈では波は常に実在すると考える。ただし、一つの世界に存在するのは、波の中の一点だけで、波全体は無数の世界の中に一点ずつ分散して存在している」

「実に合理的ですね。死んでいる猫と生きている猫は別々の世界に存在している訳です。これで観測問題は解消されるのでは？」

「しかし、電子をスリットに通す実験から明らかなように、物体は自分自身と干渉するんだ」

「それが何か？」

「他の世界に存在しているはずの自分の分身と相互干渉するんだ。おかしいと思わないのかい？」

「物体とはそういうものだと考えればいいのではないですか？」

「もちろんそう考えてもいい。だが、一つ疑問が残る。なぜ、人間が物体を観測すると、それまで存在していた別の世界の物体間の相互干渉が消えてしまうのか？　つまり、観測問題が形を変えて復活するわけだ」

「なかなか厄介ですね」

「結局、コペンハーゲン解釈にしても多世界解釈にしても人間の観測が物体に影響を与えるという現象は回避できないことになる。ここまでは理解できたかな？」

「ええ。もちろん」

「波動関数の収束が観測によるものだとすると、それは脳との相互作用だ」

「そうなるでしょうね」

「相互作用の結果、物体側は波動関数が収束し、脳側には記憶という痕跡が残る」

「合理的な解釈です」

「もし、記憶に残らない存在があるのなら、その存在の波動関数は収束しない」

「ちょっと待ってください。では、侵略者の波動関数は決して収束しないということですか？」

「決して、ではない。まさに観測している瞬間は収束するだろう」

「つまり、観測を止めた瞬間に記憶から消え、そして波動関数は再び発散するという訳ですか？」

「その通りだ。そして、観測の度に侵略者は様々な姿に収束する。その度ごとに色も形も大きさも音もにおいも戦闘能力もまるっきり変わってしまう」

「じゃあ、この脆弱な姿も今回限りだということなんですか!?　だとしたら、この次に観測したときには、もっと恐ろしい姿になるかもしれないではないですか？」

「そうはならない。なぜなら、僕はこの姿をビデオファイルに留めたから。この怪物の波動関数が再発散する原理はわからないが、ビデオファイルは電子的な記録であり、一度観測されれば再発散することはない」

「では、ビデオファイルを一度観測してしまえば、侵略者を永続的に観測し続けることになると？　でも、それはあくまで、あなたの仮説で正しいという根拠はなかったんでしょ？」

「根拠はあった。彼らが人類を襲う理由だ。もし、波動関数が絶対に収束しないなら、彼らは完全に自由だ。人間に見られた瞬間だけは特定の姿をとらざるを得ないが、それ以外は無限の可能性を享受できる存在だ。彼らが人類を襲い、そしてカメラを破壊する理由。それは、自らの可能性を限定する存在を恐れたからに違いない」

「あなたの推理とその根拠はわかりました。でも、あなたの行動の意味はまだわかりません」

「僕は特に難しいことをした訳じゃない。ただ、五つのルールを自分に課しただけなんだ。一つ、常にビデオ撮影を行い、侵略者の姿を記録すること。二つ、侵略者の姿が人類にとって不都合な形態だった場合は、その場で掌を爪で横に傷付けること。三つ、侵略者の姿が人類にとって好都合な形態だった場合は、その場で掌に縦にぎざぎざの傷を付けること。四つ、掌に横の傷を見つけた場合は、ビデオファイルを見ずに消去すること。五つ、掌に縦のぎざぎざの傷を見つけた場合は即座にビデオを見ること」

「侵略者の形態が人類にとって都合の悪いものに収束した場合は、ビデオを見ずに消去して、そのような観測がなかったことにする。そして、人類にとって都合のよい形態に収束した場合はビデオを観測して、その収束を固定するという訳ですね」

「そう。たったそれだけのことだ」

「でも、おかしいですよ。人類にとって都合の良い、つまり脆弱な形態に収束したとしても、観測を終えたら、波動関数は発散してしまう訳ですよね。だったら、ビデオを見た時にまた都合のよい形態に収束するとは限らないでしょう」

「掌の傷を忘れてはいけないよ。縦のぎざぎざの傷はそれ自体が観測結果の記録なんだ。この傷が付いている時点で、少なくとも脆弱な存在になることは確定していると言ってもいい」

「だとしたら、さっき怪物に襲われている時、無理にビデオを見ようとせずに直接怪物を見てもよかったのでは？」

「今から考えると、そうだけど、あの時はそこまで頭が回らなかったんだ。まあ計画自体が綱渡りだから、最初に決めたルールは厳格に守った方がいいということもあった」

「もう一つ疑問点があります。縦のぎざぎざの傷を見たことで、敵の形態がある程度確定したということなら、横の傷でも確定したのではないですか？　最初に横一文字の傷があった時に敵は不都合な形態に収束していたはずなのでは？」

「僕が『単なる横の傷』と『ぎざぎざの縦の傷』という組み合わせにしたのには意味があるんだよ。『単なる横の傷』は偶然できる可能性が高い。それに対して、『ぎざぎざの縦の傷』はまず偶然にはできない。横の傷は偶然できた可能性があるのだから、それだけで確定してしまうことはない」

「でも、実際には不都合な形態を観測した訳でしょう？」

「いや。侵略者の姿がこのように収束してしまったんだから、彼らが不都合な形態であったという事実は消失してしまったんだ。つまり、この横の傷は偶然付いたものに相違ないんだよ」

「何だか、よくわかりませんが」

「古典力学的世界観と量子力学的世界観の使い分けがうまくできていないからそう思えるんだ。古典力学的には彼らは最初からこの形態で、僕は何回か縦のぎざぎざの傷を付け損なった。それだけのことだ。そして、量子力学的には、まさにさっき言ったような方法でこの現実を選択した。どちらの見方も正しいし、客観的に区別することはできないんだ」

「あなたは最初から勝利を確信していたのですね」

「とんでもない。相手に殺害されてしまう可能性は常に存在していた。それに掌に五本も横の傷ができた時にはほぼ絶望してしまった。こんな傷が五本も偶然に付く可能性はどのくらいだと思う。あの時点では、敵は人類にとって不都合な形態に限りなく近付いていたんだろう。もちろん、それは量子力学的世界観での話であって、古典力学的にはこの傷はすべて偶然によるものだったんだが」

「だったら、横の傷は付けなくてもよかったんではないですか？　どうせ、横の傷の時はビデオは見ないんだし」

「横の傷を付けることにしたのは、侵略者に出遭ったことにすら気付かない場合を想定したからだ。その場合、ビデオを消去するタイミングを失ってしまう。何かの拍子で見てはならないビデオを見てしまう危険は避けるにこしたことはない」

「ところで、この侵略者はいったいどこからやってきたんですか？」

「古典力学的にはわからない。量子力学的には——それはまだ確定していない」

「確定していない？　こいつらの出自がですか？」

「そんなところで何をしてるの？」

「何をって、さっき終了した侵略者との戦いについて——」

「えっ？」

「あれ？　君は助手じゃない！」

「ちょっと。また、空想の助手と話してたの？」裕子は不機嫌な様子だった。「人が生きるか死ぬかの戦いをしてたっていうのに」

「あっ。君、戦いに勝ったの？」

「ええ。そうよ」裕子は侵略者の体液でべとべとになった金属バットを引き摺っていた。よく見ると、制服もぼろぼろで血と体液に塗れている。

「よかった。侵略者が脆弱な形態に収束したんで、君も生きている方に収束したんだ」

「何言ってるの？　また、『シュレディンガーの猫』の話？」

「うん。僕は君の命を守れたってことだ」僕は胸を張った。「それと人類の未来も」

「いいえ。残念ながら、わたしは猫なんかじゃない。わたしは自分で自分の命を守ったのよ。戦いの最中に携帯が壊れたから、警察も救急車も呼べなかったけど、倉庫の中にあった金属バットでこのぐちゃぐちゃしたやつを殴り殺したの」

「古典力学的世界観ではそうだけど、量子力学的世界観では――」僕は口を噤《つぐ》んだ。彼女がまるで蔑《さげす》むような目で僕を見ていたからだ。

あの日からかなりの月日が流れたが、僕の告白に対する彼女の頭の中の答えはまだ観測していない。だから、二人の関係もまだ収束していない。

未公開実験

その日、丸鋸遁吉《まるのことんきち》に呼び出された者は、わたしの他に二人いた。

全員、彼とは古くからの友人だ。もっとも、誰もが丸鋸とはここ二十年ほど疎遠になっていたのだが。

「仕事が忙しいのに、どうしても来いって言われて、しぶしぶ来たんだ」碇《いかり》は苛立たしげに言った。「これでくだらないことだったら、ただじゃすまさん」

「おまえ、日曜なのに仕事があるのか？」鰒《あわび》が尋ねる。

「ああ。部長にもなると、休みなんて関係なくなるもんだ。もちろん、手当てなんか出やしない」碇は少し自慢げに言った。「おまえは休みか？」

「ああ」

「仕事は何してる？」

「公務員だ」

『親方日の丸』か。じゃあ、休みはきっちり取るわけだ。給料は税金から出るし、気楽な商売だ」碇は次にわたしへと質問の矛先を向けてきた。「ところで、おまえは今何してるんだ？」

「俺か？　自由業だ」

「自由業？　なんだそりゃ？」

「知らなかったのか？　こいつ作家をしてるんだ」鰒が説明してくれた。「雑誌に投稿した作品が採用されたそうだ」

「作家っていやぁ、あれだろ。印税で飯が食えるんだ。雑誌に載った後、それを本にして、同じ内容で文庫にして、それから映画になる。不労所得ってやつだな。どいつもこいつも結構なご身分だぜ」

全然結構ではないのだが、作家がそんなに楽な商売でないことをどんなに詳しく説明しても、結局理解してもらえない。そんな経験は山ほどしてきたので、わたしは何も言わず、苦笑いしてみせただけだった。

「ところで、丸鋸は今何してるんだ？」

わたしは首を振った。「知らない。だけど、ここは丸鋸の家なんだろ？」

「家っていうか、ただのガレージだと思うけど」鰒が言った。

「でも、確かなんとか研究所とかいう看板が掛かってたぞ」碇が言う。『研究所』というからには国立だろ」

「民間の研究所だってある。というか、むしろそっちのほうが多い」わたしは言った。

「研究で飯が食えるのか？　学会発表とかすれば講演料が入るのか？　それとも、専門書の印税か？」

「大手のメーカーはたいてい自前の研究所を持っている。つまり、製品開発のための部署だ。あと、会社自体が一つの研究所の場合もある。この場合、研究成果を他の企業に売る。特許やノウハウを売り物にしているわけだ」

「コンサルタントみたいなものか？」

「まあ。そんなもんだ」

「口八丁手八丁か。おまえの商売と似たようなもんだな」

碇の口が悪いのは昔からだ。いちいち相手にしてはいられない。

「あいつの手紙には、大学教授だとかなんとか書いてなかったっけ？」鰒が言った。

「ああ。なんだかそんなことが書いてあったような気はする。だけど、全体的によくわからない文章だったな」わたしは答えた。

「そうそう。最近、俺たちに会ったようなことが書いてあったが、こっちにはそんな覚えはない。確か『今度こそ、目の前で実験して、絶対に言い逃れのできないようにしてやる』とかなんとか……」

「実験だって？　じゃあ、やっぱり研究で飯を食ってるんだ」碇が言った。

「あいつ、どこの大学の教授だって？」

「聞いたこともない名前だった。ネットで調べたけど、何もわからなかった」

「物凄くマイナーでサイトも持ってない大学か、それとも……」わたしは言葉を濁した。

「丸鋸が何か詐欺まがいの仕事をしてるとでも？」鰒が言った。

「その可能性もある。もう一つの可能性は本人も嘘を吐《つ》いている意識がないということだ」

「つまり脳内大学ってことか!?」碇は大声を出した。

「しっ。丸鋸に聞こえるかもしれないぞ」鰒が気にする。

「聞こえたって構うもんか」

「そもそも俺たちは手紙に入ってた地図の通りにここに来たわけだが、本当に勝手に入ってよかったのか？」鰒が言った。

「鍵《かぎ》は掛かってなかった」碇は気にしていない様子だった。

「鍵が掛かってないから勝手に入っていいってもんじゃないだろ」

「手紙に書いてあったろ。『留守の場合は入り口から入って最初の部屋で待っててくれ』って。部屋ってのは、このガレージの中を間仕切りで仕切ってある部分のことだろう。家の住人が許可してるんだから、不法侵入じゃない」

「この『研究所』が本当に丸鋸のもんだったらな」

　なんだか心配になってきた。丸鋸の手紙の内容を深く考えもせずに信じ込んで、この建物に入ったのだが、本当にここにいていいものだろうか？

　不安な状態にあるせいか、さらに嫌な考えも湧いてきた。

「なあ。俺たちは二十年ぶりに突然昔の知人に集められ、一つ屋根の下にいる。これって、ミステリのプロットとしては王道じゃないか？」

「丸鋸が何かの恨みで、俺たちを一人ずつ殺していくってか？　まさか。二時間ドラマじゃ、そういう話の舞台は山奥か孤島の別荘と決まってる。こんな都会の真ん中のガレージで殺人なんかできるもんか」碇は笑った。

「この辺りは都会ってほどでもないぜ。でも、殺人の心配はないだろ。こんなところで三人も殺したら、すぐに足がついちまう」鰒も反論した。

「それは完全犯罪を企んでいる場合だろう。逮捕される覚悟があるとしたらどうだ？　それとも、無理心中する気だとしたら？」

全員が無言になった。

そういえば、「今度こそ、目の前で実験して、絶対に言い逃れのできないようにしてやる」という言い回し自体かなり攻撃的だとも言える。

いきなり、マシンガンやダイナマイトを手に丸鋸が現れても全く不思議でないような気がしてきた。

爆発音がした。

「ひゃ！」碇はパイプ椅子をひっくり返し、床に伏せた。

わたしと鰒はあまりのことに、椅子から立ち上がることもできなかった。

ガレージはまだぐらぐらと揺れ続けている。

「地震か？　それとも雷が落ちたのか？」碇が伏せたまま尋ねてきた。

「わからないが、地震とは感じが違う。それから、家に雷が落ちた経験はないので、落雷の可能性については何とも言えない」

「雷鳴というよりは爆発音だったよな」鰒は呆然と言った。

「とにかく様子を見に行こう」わたしは提案した。

「馬鹿。また爆発があったら、どうするんだ？　とにかく外に出て、それから消防署か警察に連絡するんだ」碇は周りをおどおどと見ながら言った。

「でも、もし丸鋸が事故に巻き込まれてたら、どうするんだ？　一刻を争う状態かもしれない」

「勝手にしろ。俺はすぐに……わっ!!」碇は立ち上がると、すぐその場に尻餅をついた。玄関とは反対の方向にあるドアを指差して、口をぱくぱくしている。ちょうどわれわれが背にしていた方向だ。

これはまたホラー映画に必ず出てきそうなシーンではないか。

わたしと鰒は溜め息をついて、恐る恐る振り向いた。

「どわ!!」二人同時に飛び上がった。

パイプ椅子が床を滑った。

そこには宇宙服を着た人物が立っていた。

わたしたちは全員手を上げた。見たところ、武器らしきものは持ってなさそうだったが、そんなことは何の根拠にもならない。相手は未知の存在なのだ。とにかく降参しておくに越したことはない。

「いちいち驚くな」宇宙服の人物はくぐもった声で言った。「驚く理由なんかないだろ」

「だって、宇宙服を着てる」碇はまたその人物を指差した。

鰒は慌ててその手を押し下げる。

「これは宇宙服ではない」

「じ、じゃあ、なんですか？」わたしは恐る恐る尋ねた。

碇と鰒は、わたしを睨《にら》んだ。余計なことを言って、刺激するなということだろう。でも、好奇心を抑え切れなかったのだ。

「えっ？」宇宙服――のようなものを着ている人物は言葉に詰まったらしい。「名前か。それは盲点だったな。名前までは考えていなかった。なにしろ新発明だから」

「名前がないだって!?」碇が叫んだ。「普通、発明したら名前を付けるだろ」

「名前を付けなくてはならないなんて思いも付かなかった」

「人に説明するときはどうしてたんだ？」

「説明なんかしたことはない」謎の人物は首を振った。「なにしろ、一人で作ったものだから」

「ええと」鰒が会話に割って入った。「そろそろ、手を下ろしてもいいですか？」

「なんで手を上げてるんだ？」

どうやら、害意はないらしい。われわれはゆっくりと手を下ろした。

「ひょっとして、丸鋸か？」わたしは一か八かストレートに訊いてみた。

「今さら何言ってるんだ？」謎の人物はヘルメットを外した。

そこに現れたのは紛《まぎ》れもなく、丸鋸遁吉の顔だった。相変わらず何を考えているかよくわからない顔つきだ。

「どっきりカメラか何かなのか？」碇がきょろきょろと周りを見ながら言った。カメラを探しているらしい。

「どっきり……なんだって？」丸鋸遁吉が尋ねる。

「おまえ、どっきりを知らないのか？」

「おまえら俺に何か隠してるな。言えよ。どっきりって何だよ？」

「わかった。もういい。忘れてくれ」

「言えよ。どっきりってなんだ!? 俺に言えないことか？」丸鋸はつかつかと碇に近づき胸倉を摑んだ。

「だから、何でもないって言ってるだろ！」

「どうした？　はやく言ってみろよ」

「また俺を騙して、みんなで馬鹿にしようって思ってるだろ！」丸鋸の顔色が変わった。

「いつまでも俺が黙ってると思ったら、大間違いだ」

理由はよくわからなかったが、丸鋸は随分怒っているようだった。表情が乏しいので、初対面の人間にはわかりにくいかもしれないが、丸鋸は激昂しつつあることがわたしにはわかった。そして、彼を怒らせると、拙《まず》いことになるのもわかっていた。

やたらしつこいのだ。何時間でも不平不満をねちねちと言い続ける。

「どっきりカメラというのはテレビ番組のことだ」わたしは堪《たま》らなくなって口を開いた。

「誰かに悪戯を仕掛けて、驚く様子を隠し撮りしたものを流すバラエティだ」

「本当か？」丸鋸は碇に確認した。

「本当にどっきりを知らなかったのか？」碇は目を丸くした。

「そんな番組いつ始まった？」丸鋸は平然と質問を続ける。

「何十年か前だよ」鰒が答える。

「何十年も前……ふむ。奇妙なことだ」丸鋸は腕組みをして考え込んだ。「ま、いいだろう」

「今度はこっちが質問する番だぞ」碇が言った。

「順番に質問するなんて誰が決めたんだ？　でも、まあ質問があるなら答えてやろう。何が訊きたい？」

「えっ……ああ……その……」碇はうまく質問が出てこないようだった。

無理もない。わたしだって、何もかもが疑問だらけで、どう質問すればいいのかもわからなかった。

「じゃあ、まず、そいつの名前を教えてもらおう」碇は半ばやけくそになって、丸鋸が着ている宇宙服のようなものを指差した。

さっき、名前はないって言ってたのに……。

でも、指摘するのはやめておいた。とにかく会話が続くのはありがたかった。この状況での沈黙は極めて耐えがたい。

「どうしても名前がいるのか？　わかった。それじゃあ、時間服だ」

「もう一度言ってくれ。『時間服』としか聞こえなかった」

「それであってる。時間服だ」

「どういう意味だ？」

「『宇宙服』から思いついた造語だ。宇宙服は英語で言うと、スペーススーツ——つまり『空間の服』だろ。だから、これは時間服だ」

「何が『だから』だ。全然、意味がわからんぞ」碇は納得しない。

「宇宙服は宇宙空間の真空や放射線や温度差から人体を守るために着るんだ」

「それは知ってる」

「時間服は時間旅行のときに周囲の時間の流れから人体を守るために着るんだ」

「ちょっと待ってくれ。『時間旅行』と聞こえたぞ」

「ああ。確かに『時間旅行』と言った」

「SFの話をしてるのか？」

「何度説明させれば、気が済むんだ？　また、ターイムマスィ——ンのことを知らないとでも言うつもりなのか？」丸鋸は「ターイムマスィ——ン」と変な伸ばし方をしたうえ、両手で奇妙なポーズをとった。

「タイムマシン!?」わたしたち三人は同時に声を上げた。

「ターイムマスィ――――ンだ」丸鋸は両手で奇妙なポーズをとった。

「その」わたしはできるだけ平静を装って尋ねた。「ターイムマスィ――――ンというのは、タイムマシンとは別物なのか？」

「ターイムマスィ――――ンだと言ってるだろ」丸鋸は両手で奇妙なポーズをとった。

「だから、ターイムマスィ――――ン」

「違う。ターイムマスィ――――ンだ」丸鋸は両手で奇妙なポーズをとった。

さすがに、この時点で全員気がついた。「つまり、このポーズも名前の一部だってことか？」

「当たり前だ。何度も説明してる」

「それで、ターイムマスィ――――ンというのは」わたしは丸鋸がしたようにポーズをとった。

「タイムマシンとは別物なのか？」

「全然違う。全く新しい概念だ。だから、『タイムマシン』とは呼ばす、『ターイムマスィ――――ン』と名付けた」丸鋸はポーズをとった。

「服の名前は付けなかったけど、機械の名前は付けたんだ」鰒は感心したように言った。

「で、そのターイムマスィ――――ンというのは」碇はしぶしぶポーズをとった。「時間旅行でなくて何をするんだ？」

『時間旅行でなくて』だと？　ターイムマスィ——ンといえば時間旅行に使うに決まってるじゃないか！」丸鋸はポーズをとった。

「だったら、タイムマシンじゃないか」三人が同時に突っ込んだ。

「違う！　全然、違う!!」丸鋸は必死になって言った。「原理が全然違うんだ！」

われわれは顔を見合わせた。

おいおい。タイムマシンの原理ってなんだよ。

「おまえの言いたいことはよくわかった。それでは、まずターイムマスィ——ンの原理を聞かせてくれないかな？」鰒はポーズをとった。

「また、原理か」丸鋸はうんざりしたような表情を見せた。「全く、会うたびに『原理、原理』って、いったい何百回説明すれば、気が済むんだ？」

「何百回ってどういうことだ？　おまえ、前に丸鋸からターイムマスィ——ンの原理を聞いたことがあるのか？」碇はポーズをとった。

わたしは首を振った。

「なるほど。わかったぞ！」鰒が手を打った。

「ターイムマスィ——ンの原理がか？」わたしはポーズをとった。

「違う。なぜ丸鋸の話と俺たちの記憶が食い違うかだ」

「なぜなんだ？」

「だから、ターイムマスィ——ンだからだよ」鰒はポーズをとった。

「どういうことだ？」碇が尋ねる。

「よくできた話だと思うけどな」鰒が満足げに頷《うなず》いた。

「つまり、これは丸鋸が仕組んだ悪ふざけってことか？」

「それで説明が付く」

「そうでない可能性もあるぞ」

「とにかく、ここは話を合わせておこう」

「どうして？」

「面白そうだから。やつの話に付き合うと何か困ったことでもあるのか？」

「会社はどうなるんだ？」碇が不服げに言う。

「じゃあ、一人で帰れよ」

「わかった。会社は諦めた」碇は即断した。

「おい。おまえら何をぐずぐず談合してるんだ？」丸鋸は痺れを切らしたらしい。

わたしたちは結構大きな声で話し合っていたが、本当に聞こえてなかったのか、そういう体《てい》なのか。

「大変奇妙なことなんだが、俺たちはおまえにターイムマスィーーンの原理説明を受けた記憶がないんだ」わたしは言った。

「えっ!?　本当か？」丸鋸は本気で驚いているように見えた。「いったい全体なぜそんなことに？」

「推測するに、この現象は深くタ－イムマスィ――ンに関係してるんじゃないかと思うんだ」わたしはポーズをとった。

「どういうふうに？」

「それはつまり……まず、おまえがタ－イムマスィ――ンの原理を説明してくれないと、こっちも推測の手掛かりがない」わたしはポーズをとった。

丸鋸はしばらく顎に手をあて考え込んだ。「よしいいだろう。だが、これが本当に最後だぞ」

丸鋸は部屋から飛び出すと、薄汚れたホワイトボードを押して戻ってきた。脚の車が壊れているのか、きいきいと酷い音を立て、がたがたと揺れている。

「まず従来のタイムマシンについてだ」丸鋸はマーカーのキャップをはずし、ホワイトボードに何かを書こうとした。「これが従来考えられていた時空構造の座標軸表現だ」

だが、インクは出ずにキュッと摩擦音がしただけだった。

「だから、俺は昔ながらの黒板が好きなんだ。……ええい。図なんか必要ない。頭の中のスクリーンに映し出してくれ」丸鋸はマーカーをぽいと投げ捨てた。「知っての通り、タイムマシンは時空の物理構造を利用して、時間旅行をする機械だ」

「そうなのか？」碇が小声で尋ねる。

「知るわけないだろ。そもそもタイムマシンなんて見たことも聞いたこともない」

「有名なのはブラックホールのエルゴ領域を利用する方法」丸鋸はホワイトボードを使えな

い代わりにジェスチャーを加え説明を続けた。「その応用として、ティプラーの円筒を利用する方法、あとはワームホールの片一方の出入り口だけを加速して、タイムトンネルにするなんて方法もある。もっと単純に超光速を実現した副産物として利用する方法もある。これらは、時空をこうぐにゃっとひん曲げて未来を過去にしてしまおうってことだ。つまり、ミクロ的に見ると、時間は過去から未来へと進んでいるが、マクロ的には未来が過去に繋がってしまう。しかし、この方法では……」

「未来に行くのはどうするんだ？」碇が話の腰を折った。

「未来だと！　はっ。従来、未来に行く方法はほとんど問題にされなかったのだ。なにしろ、未来に行くのは簡単なことだからだ。もちろん、ターイムマスィーーーンはちゃんと未来への旅にも対応しているがね」丸鋸はポーズをとった。

「前に『タイムマシン』という映画を見たときは、ちゃんと未来への……」

「おいおい。真面目な議論の最中にSF映画の話はよしてくれ。未来に行くためには、タイムマシンのような時空をひん曲げる工夫は必要ない。そもそも未来にはこちらから行かなくても、待っていれば、向こうからやってきてくれる。十年後の世界が見たければ、黙って十年間待てばいい」

「十年ならまだしも、百年後、千年後の世界が見たい時はどうすればいいんだ？　未来よりも先に寿命が来ちまうだろう」

「人間の寿命を延長すればいい。人工冬眠とか、亜光速飛行とかいろいろと方法はある。ええと、そういう伝統的な手法にはあまり興味がないので、説明を割愛してもいいかな？」

「俺はいいよ」

「俺も」

「俺もいい」

「では、話を進めよう。過去に行くには時空を曲げて未来を過去にすればいい。これが従来のタイムマシン原理だ。しかし、この方法には大きな欠点がある。つまり、時空をひん曲げるには太陽何個分とか、銀河系何個分とかのとてつもなくでかいエネルギーが必要で、方式によっては負のエネルギーも必要になるんだ」

「太陽と銀河系ではスケールが十一桁ほど違うんじゃないか？」

「俺は天文学者じゃないので細かいことはどうでもいい。とにかくそんな莫大なエネルギーを利用するなんてことは絵空事に過ぎない。だから、俺はそんな馬鹿げた原理に基づいたタイムマシンの製造は却下したのだ」

「『却下』って、誰かがおまえに申し立てたのか？」碇が疑問を呈した。

だが、丸鋸には聞こえなかったようだった。「そもそも俺は時空を無理にひん曲げてぐりぐりするといった野蛮な方法は好かんのだ。そういう力技ではなく、もっとソフトな頭のいい方法がいい」

「質問！」俺は無視されないように挙手した。

「いいだろう。質問を認めよう」

「なんでまた時間旅行の研究なんか始めたんだ？　恋人が事故で死んだりしたのか？」

「なぜ恋人が事故で死んだら、時間旅行の研究を始めるんだ？」

「事故の前に戻って恋人に会えるじゃないか」

「新しい恋人を作るせっかくのチャンスなのに？」

「質問が悪かった。先を続けてくれ」

「『ソフト』な方法でやろうと決めた途端に、いい考えが閃いたんだ。ハードウェアでやろうとするから、莫大なエネルギーが必要なんだ。これをソフトでやれば遥かに小さなエネルギーで済むと」

「すまん。話が全く見えなくなったんだが」わたしはまた質問した。

「つまりこういうことだ。『ソフト』という言葉から、ソフトウェアを連想して……」

「そうじゃなくて、時間旅行をソフトウェアで実現するってところだ」

「原爆を実際に作って核実験をすると莫大なエネルギーが無駄になってしまう。しかし、同じことをコンピュータシミュレーションでやれば、必要なのはコンピュータを動かす電気だけで済む」

「でも、それはただのシミュレーションだろ」

「原爆の場合はそういうことになる」

「タイムマシンだって一緒だろ」

「ターイムマスィ――――ン！」丸鋸はポーズをとった。

「ターイムマスィ――ンの場合は、ただのシミュレーションではないということか？」鯨は
ポーズをとった。

「おまえは『ただのシミュレーション』と言ったが、それはあくまでシミュレーションの外から見た視点だ。だが、考えてみろ。たとえシミュレーションの原爆だろうと、シミュレーションの中の人にとっては本物の原爆なんだ」

「今、『シミュレーションの中の人』って言ったよな」碇が確認した。

「ああ。そう言ったよ」

「シミュレーションの中の人って誰だよ？」

「待った」わたしは碇を制止した。「なんとなく話が見えてきた。つまり、こういうことだな。たとえ、シミュレーションのタイムマ……ターイムマスィ――ンであっても、シミュレーションの中の人にとっては、それは本物のターイムマスィ――ンだと」わたしはポーズをとった。

「そう。その通りだ」丸鋸は拍手した。「この前、俺が説明したまんまだけど」

「なるほど。これで合点がいった」鯨が言った。「でも、ターイムマスィ――ンのシミュレーションなんか作って、何がしたいのか、ていう疑問は残るけどな」鯨はポーズをとった。

「なぜそんなことが疑問なんだ？」丸鋸はきょとんとして言った。「ターイムマスィ――ンがあれば自由に過去に行けるじゃないか。歴史を自由に改変できるんだぞ」とポーズをとった。

「でも、本当に改変するわけじゃないだろ」

「本当に改変するさ。さっきも言った通り、シミュレーションの中の人間にとっては、本物の歴史なんだから」

「だけど、それはシミュレーションの中の人間にとってであって、俺たちには関係ない」

丸鋸は突然黙った。そして、たっぷり三十秒の間、呆然とわれわれの顔を見回した後、突然晴れやかな顔になると、ぽんと手を打った。「なるほど。そういうことか！」

「何か解決したのか？」碇がうんざりとした口調で言った。

「もちろんんだ。おまえたちが俺の理論の何に引っ掛かっているかがわかったぞ」

「おまえの理論に引っ掛かりはたっぷりあると思うんだが、どれのことかな？」

「つまり、おまえたちは自分がシミュレーションの外にいると思っているんだろ」

今度はわれわれのほうが三十秒黙り込む番だった。

「なるほど。そう来るか」鰒がようやくのことで呟《つぶや》いた。「どうでもいいけど、仮想世界ネタばっかりだと、そのうちに飽きられるぞ」

「ええと。質問ばかりですまないけど」わたしは言った。「おまえはどうやって、ここがシミュレーションの中だってことに気づいたんだ？　それから、ここがシミュレーションの中だという客観的な証拠はあるのか？」

「証拠はない。だから、思いついたんだ」

「噛み砕いて説明してくれ」

「ああいいとも」丸鋸は快諾した。「みんなゲーデルの不完全性定理は知ってるだろ。二番目のほうなんだけど」

「何の定理だって？」碇が悲しそうな声を出した。

「二番目なら、『自然数論を含む数学の形式的体系が無矛盾なら、その無矛盾性はその体系内で証明することはできない』というやつじゃないか？」わたしは補足した。

「日本語で言ってくれないか？」碇が泣きそうになって言った。

「つまり、『数学が正しいということは、数学自体を使って証明することはできない』ってことだ。全然、厳密な言い方じゃないけど」わたしは言った。

「その定理が今の話とどう繋がるんだ？」碇が問う。

「俺は不完全性定理から新しい定理を導いたんだ。『世界の物理的体系が無矛盾なら、その世界が仮想でないことは、その世界の中にいる限り証明することはできない』」丸鋸が自慢げに言った。

「定理を導いた手続きを教えてくれないか？」

「ああ。いいよ」丸鋸は時間服の中をごそごそと探ったかと思うと、百科事典のような本を取り出した。「今手持ちなのは、本物の論文じゃなくて、ダイジェスト版だけど」

わたしはその簡略版の論文をぱらぱらと捲《めく》ってみた。汚い手書きで書かれていた。とてもじゃないが、理解することはできそうもなかった。「わかった。細かいところは検証抜きで信用することにしよう。つまり、この世界が実在するとしても、そのことをその世界の中では証明できないってことだろ。だからってなんだって言うんだ？」

「わからないのか？　この世界が現実か、仮想か、区別することはできないんだ」

「それで何か困ったことでも？」

「困りはしない。どちらかというと、好都合だ」

「何に好都合？」

「この世界は現実とも仮想とも決定することはできないんだ。だったら、仮想だとして扱っても構わないということになる」

「どうぞ、仮想だとして扱ってくれ」

「もちろん、そうした。この世界が仮想――つまり、シミュレーションだと仮定し、俺は時間逆行のプログラムを書き上げた」

「ちょっと待てよ。仮にこの世界がシミュレーションとして扱えるとしても、その時間を逆行させるには、世界の外から誰かが操作しなくてはならないだろ」

「そんなことはない。ハードウェアの中のソフトウェアを仮想ハードウェアとして、取り扱うソフトウェアがあるとしよう。最初のソフトから見れば、二番目のソフトは内部に存在するように見えるが、実際には最初のソフトも二番目のソフトも同じハードウェアのメモリ上に存在する対等な存在なんだ。だから、この世界が仮想世界として扱えるなら、その中に存在するソフトウェアはこの世界と同等のソフトウェアだということになる」

「論理のアクロバットだ。単なる言葉遊びで、なんの意味もない」わたしは反論した。

「そうだ。仮説を立てるだけでは、何かを証明したことにはならない。仮説は実証して初めて定説として受け入れられるんだ」鰒が同意した。

「だから、何回も実証しているだろうが!!」丸鋸は烈火のごとく怒り出した。「何度も何度も、俺が時間旅行は可能なことを証明したというのに、おまえたちはそのたびに、その明らかな証拠を無視して、何もなかったかのような顔をして、平気で『ターイムマスィーーーンってなんだ?』と訊いてくるんだ!! 全く呆れ返って言葉もない!!」

「話にならん!」碇も怒り出した。「こんな馬鹿馬鹿しいことには付き合ってられるか! 俺はこれから出勤するぞ!」碇は立ち上がると、部屋から出ようとした。

「ちょっと待てよ」わたしは碇を止めた。「気づかないか? 丸鋸の発言には矛盾がないんだ。今のところ」

「どういうことだ? 矛盾だらけじゃないか」

「例えば、どんな?」

「あいつは何度も証明したと言ったが、俺は証明を見せられた覚えはない。これは立派な矛盾だろ」

「本当に?」

「何が言いたいんだ?」

「矛盾とは二つの事柄が論理的に整合しないということだ」

「そうだ。丸鋸は証明したと言ったが、俺にはそんな記憶はない。おまえにはあるのか?」

　わたしは首を振った。

「ほら見ろ」

「確かに矛盾だ。ただし、因果律が成立するとしての話だが」

「因果律が成り立たないわけがあるものか」

「だから、丸鋸は因果律が成り立たないと主張しているんだ」

「馬鹿な。因果律が成り立たないのなら、タイムマシンが出来ちま……」碇はやっと気がついたようだった。「なるほど。よくできた話だ」

「なっ」わたしは目配せした。「このまま帰るのは勝手だ。だけど、丸鋸に付き合ってみるのも一興だとは思わないか？」

　碇はしばらく迷っていたが、結局戻って椅子に座った。「このまま帰っちゃあ、気になって仕事にならない。早いとこ片付けちまってくれ」

「上の立場で言われてるような気がするが、これは俺の思い過ごしか？」丸鋸は気分を害したようだった。

「こっちは付き合わなくてもいいおまえの話を聞いてやってるんだ。贅沢の言える立場じゃないだろ」碇は意に介していないようだった。

「おまえはいつもそうだ。俺が初めて時間逆行原理を学会で発表した時、おまえは最初から理解しようともせず、反論ばかりしていた」

「なんの話だ？」碇はきょとんとした。「俺が学会に出席してたみたいな言い方だが……」

「そうさ。おまえは学会で俺を徹底的に嘲笑した」

「時間旅行の話なんかするからだ」碇は言った。「たぶん、それで馬鹿にしたんだろうと思う」

「『思う』って自分のことだろう？」鰒が問う。

「だから、そんな覚えはまるでないんだよ。そもそも俺は一度たりとも学会などに出席したことはない」

「どっちにしても、すぐ人を馬鹿にするのはおまえの悪い癖だ、碇。たとえ、時間旅行の話でも先入観を持たずに聞いて、冷静に判断するのが理性的な態度というもんだ」鰒が窘《たしな》める。

「おまえだって、碇と一緒になって、俺を嘲笑《あざわら》ってたじゃないか⁉」丸鋸はかなり頭にきている様子だった。

「ひょっとして俺もその学会に参加してて、おまえのことを馬鹿にしたのか？」わたしは念のため丸鋸に確認した。

「この二人のように面と向かって罵倒したりはしなかった。だが、専門分野であるにもかかわらず、俺のことを全く無視していた。本来なら、的を射た質問をして、参加者に対して俺の発表内容の理解を助けるのが筋というものだ。つまり、無視することによって、拒絶の意思表示をしたわけだ。自分の立場を明確にせずに、責任逃れを決め込んだところなんか、この二人よりも悪質かもしれん」

「そうだ。そういえば、おまえは昔から日和《ひより》見主義のところがあった」碇はなぜか丸鋸に同調する。

「すぐに行動を起こさず、とにかくじっくりと現状の分析を行うのが俺のポリシーなんだよ」わたしは取り敢えず反論した。

「だったら、なおさら質問してしかるべきだった」

「質問がその場の空気を決定してしまうこともある。どんな影響があるか、判断のつかない時は無闇に質問すべきじゃないんだ」

と、ここまで言ってから、身に覚えのないことに対して、延々と言い訳しているのが馬鹿馬鹿しくなってきた。

「ああ。もういいよ。俺が悪者で」

「どうせ認めるなら、言い訳などするな」丸鋸が勝ち誇ったように言う。「そもそも三人が揃いも揃って大学を辞めているところからして、自らの罪を認めているようなもんだが」

「俺たちが大学を辞めたって⁉」鰒が言った。「俺はちゃんと卒業したぞ」

「中退したということじゃなくて、教授か、助教授か、助手か、とにかく大学での職を辞したということだと思うぞ、たぶん」わたしは鰒に説明した。

「そんなことをした覚えはないぞ」

その通り。そもそも、俺たちには大学で働いた経験などない。

「嘘を吐くな。だったら、大学に送った手紙がなんで宛先不明で戻ってくるんだ？　たまたま自宅の住所録があったからよかったものの……」

『今度の日曜日に家に来い』程度の内容なら、わざわざ手紙でなくても、メールでよかったのに」

「だから、郵送したじゃないか」

「郵送よりメールのほうが楽だろ」

「“mail”という英単語の意味は『郵便』ということだ」

「今どき、日本語で『メール』と言えば、電子メールのことに決まってるぞ！」碇はいらいらと言った。

「電子メールって何だ？」丸鋸は目をぱちぱちさせた。

「タイムマシンを作ったって言ってるやつが、なんだって電子メールを知らないんだ？」

「たぶんタイムマシンを作ったからだと思う」わたしは碇を宥《なだ》めた。「丸鋸、ARPAネットって知ってるか？」

「どうして、その名前を知ってるんだ？　国防総省の極秘事項なのに」

「いつの時代の話だ？」

「一九六〇年代だ。この前の過去への旅行で、四つのコンピュータを接続することを提案してきたばかりだ」

「なぜ、おまえがそんなことをしたんだ？」鰒が問う。

「だから、俺の時間旅行理論を説明するためだ。世界全体に繋がる大規模なコンピュータネットワークが構築されれば、いくらおまえたちでも気づくだろうと思ってね。担当の技術者のところに何回も訪ねていって、漸《ようや》く俺のアイデアを理解させたんだ」

「インターネットのことを言ってるのか？」碇が呆れて言った。「それなら、とっくの昔に気づいてる」

「そんな呼び方もあるのか？　でも、ＡＲＰＡネットが正式名だったはずだ」

「ＡＲＰＡネットはもうなくなった。今ではインターネットが世界中に広がっていて、日常的に電子メールがやり取りされている」

「ほら、見ろ。ついに俺の理論が証明されたぞ!!」

「なんで電子メールの存在がおまえの理論の証明になるんだよ？」

「だって、そんなものひと月前には影も形もなかったのに、突如として全世界に普及したんだぞ。タ―イムマスィ――ンの存在なしにそんなことは考えられないぞ」丸鋸は勝ち誇ったようにポーズをとった。

「残念ながら、電子メールはひと月前にも存在した。おまえの話には何の根拠もない」

「まただ!!　また、そんなあからさまな嘘を言って、俺の業績を無視しようとするんだ」

「だって、ひと月前に電子メールがなかったって言うなら、まずそれを証明して見せろよ」

「だから、タ―イムマスィ――ンを使って歴史を改変したんだから、そんな証拠なんか残ってるわけないじゃないか！　おまえらずるいぞ!!」丸鋸は激昂して床を踏み鳴らしながら、ポーズをとった。「もっとも」突然、冷静になる。「いつものようにおまえたちが惚《とぼ》ける可能性はすでに見抜いていたけどね」

「さっき何度も説明したと言ってたが、今まで何度か時間旅行をしたのか？」わたしは疑問に思ったことを口にした。

「過去に戻ったことを証明するにはどうすればいいか。簡単なことだ。誰もが認めざるを得ないような歴史改変をすればいいんだ。例えば、教科書に載るような歴史的事件に手を加えることができれば、これほどはっきりした証拠はない」

「ARPAネットの設立とか？」

「それは最近やったことだ。最初にやったのは魏志倭人伝の内容の修正だ」

「思い切ったことをしたな」

「教科書の最初のほうに載ってる誰でも知ってる知識だからな。晋の陳寿の直後の時代に行って、すべての写本に手を加えて、邪馬台国へ至る方位と距離の記述をわざと有り得ない数字にしておいたんだ。これで、今まではっきりしていた邪馬台国の所在地が不明になってしまう」

「邪馬台国の所在地は元々不明だよ」鰒が言う。

「そうそう。あの時もおまえたちは俺にそう言った。どうして、そんな嘘を平気で吐けるんだ。とにかく、おまえたちがしらばっくれたので、俺はもっと新しい時代に行って、歴史に跡を残したんだ」

「今度はどの時代だ？」

「東西朝時代だ」

「南北朝時代だろ」

「東西朝時代だ。九三九年の平将門の新皇即位に始まる時代だ」

「九三九年といえば、平安時代中期じゃないのか？」

「真の歴史では、平将門の新皇即位で平安時代は終わり、その後、五百年間の東西時代が始まるはずだった。だが、俺が藤原秀郷に将門の居場所を教えたことにより、将門の新帝国は数ヶ月で滅亡したのだ」

「平安時代の次は鎌倉時代だぜ」碇が正す。

「だから、それは俺が作った時間軸の中の話だ。本当は東西朝時代が終わるとともに、戦国時代が始まるのが正しい歴史だ」

「鎌倉時代と南北朝時代と室町時代はぶっとんじまうのか？」

「だから、ないほうが正しいんだ。確かに、東西朝時代の半ばには、征西将軍懐良親王《せいせいしょうぐんかねよししんのう》と足利直冬《あしかがただふゆ》による九州朝廷と九州幕府が存在したが、それは数年間のことだったし……」

「歴史シミュレーション小説の読みすぎじゃないのか？」

「元寇の時はどうだったんだ？　外国が侵略してきた時にも、日本は分裂しっぱなしだったのか？」

「蒙古というのは東朝の征東将軍源義経が東皇の命で大陸に建設した軍事組織だから、あれは外国からの侵略ではなく、内乱の延長だったんだ」

　丸鋸の未知の歴史談義は小一時間も続いた。それはわれわれの知っている歴史とは違うものの微妙に似通ったところもあった。全体の印象としては付かず離れずといったところか。

「とにかく、これだけの歴史改変をやったのだから、さすがにおまえたちもターイムマスィーンの存在を認めざるを得ないと思ったんだ。それなのに、おまえたちときたら……」丸鋸はポーズをとった。

「確かに、話としては面白いが、そんな歴史を信じないのは当然だぞ」鰒が言った。

「あの時もおまえはそう言った。その時、俺は気づいたんだ。古代や中世といった時代は現代とかけ離れている。どんなに変化してもわれわれの実生活にはなんら関係しない。だから、言い逃れも簡単なのだと」

「確かに、実生活とは関係ないが……」わたしは表現に困った。

「そして、俺はついに近代に手を染めたのだ。坂本竜馬と共に『船中八策』をまとめ、大政奉還が行われるように仕組んだのだ。その結果、二十一世紀まで続くはずだった将軍制は十九世紀に終わることとなった」

「将軍は対外的にはなんと呼ばれてたんだ？　国王か？」

「もちろん、江戸時代に決められた通り、対外的には大君と呼ばれていた。英語ではTycoonだ」

「首都はどこだったんだ？」

「形式的には、京都のままだったが、実質的には東京だ。もっとも、江戸時代も実質的には江戸が首都だったんだが」

「世界大戦や原爆投下はあったのか？」

「当たり前だ」

「くい止めようとは思わなかったのか？　そうすれば英雄になれるのに」

「そう思ったこともある。だが、何度か歴史を改変するうちに気がついたんだ。歴史とは河の流れのようなものだ。上流で流れを無理に変えても、下流では元の流れに戻ってしまう。俺が何万人、何百万人の命を救ったとしても、その分の反動が必ずどこかでくる」

「でもやる価値はあるだろう」

「帳尻を合わすために起こる大規模な災厄は、つまり俺が引き起こしたことになるんだ。百万人の人命を救うために、別の百万の命を奪うことができるか？」

「おいおい。だったら、時間改変などなんの意味もないぞ」鰒が言った。

「意味はある。全体に影響を与えない程度の小規模な変更なら、効果は持続するんだ」

「インターネットの普及が小規模な変更か？」

「インターネットというのがどれほどのものか知らないが、ほっておいてもあと二、三十年もすればコンピュータネットワークは生まれたはずだ。大勢に影響はない」

「他に大きな変更は？」わたしは念のため尋ねてみた。

「その後はARPAネットが最後だ。いや。そういえば、その前に失敗したミッションもあった」

「どんなミッションだ？」

った。


「一九四八年に行った」

「わかった。ジョージ・オーウェルだな」

「いや。アメリカのテレビ局だ。大戦が終わってしばらくして落ち着いた時代を狙って、テレビでターイムマスィ――――ンを取り上げられないかと打診してみたんだ」丸鋸はポーズをとった。

「なぜ、そんなことを？」

「タイムパラドックスを発生させるためだ」

「タイムパラドックスなら、いっぱい発生させたようだけど？」

「単なる時間改変は、厳密に言うとタイムパラドックスじゃない。大政奉還が行われようが行われまいが、それぞれが矛盾のない時間軸を形成する。タイムパラドックスというのは、つまり有名な『親殺しのパラドックス』のような原理的な矛盾を含まなければならないんだ」

「『親殺しのパラドックス』ってなんだ？」碇が質問する。

「自分が生まれる前に戻って、自分の親を殺すんだ」わたしは丸鋸に代わって答えてやった。

「今までの歴史改変とどう違うんだ？」

「親を殺せば、自分は存在できなくなる」

「そりゃそうだろ」

「自分が存在しなくなれば、親は殺されないことになる」

「そりゃそうだろ」

「親が殺されなければ、自分は存在することになる」

「そりゃそうだろ」

「自分が存在すれば、親が殺されることになる」

「俺を馬鹿にしてるのか？」

「別に馬鹿にしているわけじゃない。単なる歴史改変と違うところは、どっちに転んでも辻《つじ》褄《つま》が合わなくなるところだ」

「なぜそんなことをするんだ？」

　確かに。

「なぜだ？」わたしは丸鋸に聞いてみた。

「言い逃れができないようにするためだ。目の前で矛盾が発生すれば、いくらおまえたちでも認めざるを得まい。俺が過去のテレビでターイムマスィ――ンの原理を公開すれば、俺の発明以前にターイムマスィ――ンが発明されることになる。つまり、俺はターイムマスィ――ンの発明者ではなくなる。何しろ、俺の生まれる前に原理が公開されてしまっているわけだから。だが、俺が発明者でないとすると、いったい誰が発明者なんだ？　このパラドックスのいいところは『親殺しのパラドックス』のようにぶっそうでも破壊的でもないことだ」

　丸鋸はポーズをとった。

「そのパラドックスの発生はうまくいったのか？」

「駄目だった」丸鋸は肩を落とした。「プロデューサは俺の話を聞くと、しばらくきょとんとしたかと思うと、げらげら笑い出した。そして、『面白い冗談だ。気に入った。こうやって人を担ぐ様子を番組にすることを思いついたよ』と言った」

「なるほど。そして、Candid Cameraが生まれたと言いたいんだな」

「何カメラ?」

「アメリカのどっきりカメラだ。それが元になって後に世界各国で同じ趣旨の番組が製作されたんだ」

「なるほど。よくできた話だ」鰒が感心した。

「ターイムマスィ――ンの開発に関わる歴史改変はタイムパラドックスに結びつきやすいんだ」丸鋸はポーズをとり、説明を続ける。「俺はもっと直接的なタイムパラドックスを思いついた。それで一週間前、おまえたちにここに集まるよう手紙を送った後、今日へとタイムトラベルしてきたんだ」

「じゃあ、さっきおまえが現れる前の爆音は……」

「そう。ターイムマスィ――ンが到着した音だ。時間の流れの速度の整合をとる時にどうしても、僅かな衝撃波が発生してしまうんでね」丸鋸はポーズをとった。

「よし。おまえの言いたいことの主旨はわかった!」碇が痺れを切らしたようだ。「取り敢えずそのマシンを見せてくれ」

「いいだろう。ついてこい」

われわれは丸鋸の後について、ぞろぞろと部屋を出た。

ガレージの中には粗大ごみが大量に放置されていた。とても実験設備とは思えない代物だった。そもそも実験設備なら、足の踏み場もない状態にはならないだろうし、天地をぐちゃぐちゃに何重にも積み上げたりはしない。パネルがはずれて中身が剝《む》きだしの装置が散乱し、それらに無数のケーブルや配管が絡み付いている。

われわれは躓《つまず》いて怪我をしないように注意深く進んだ。

「これがザ・ターイムマスィ――――ンだ!!」丸鋸はポーズをとり、粗大ごみの一つを指差した。

壊れかけた金属製の枠組みの中に、旧式のパソコンとプリンタの残骸と実験用の定盤《じょうばん》らしきものが無造作に放り込まれている。

「どこからどこまでがターイムマスィ――――ンなんだ?」鰒が顔を顰《しか》めて、ポーズをとった。

「概《おお》ねここら辺りだ」丸鋸は金属枠を含むかなり広い範囲を手で示した。

「こんながらくたでどうやって物理法則をひっくり返すんだ?」碇が言う。

「さっき説明しただろ。ハードは問題じゃない。ここにある装置は言わば、依《よ》り代《しろ》のようなものでターイムマスィ――――ンの実体はパソコンの内部のプログラムにあるんだ」丸鋸はポーズをとった。

「パソコンのメモリに入る程度のプログラムなのか?」

「パソコンのスペックは問題ではない。パソコンはこの世界の一部であり、この世界は巨大なメモリ空間上に存在している。パソコンは全メモリ空間と相互作用しているのだから、パソコンへの作業はこの世界を内蔵するハードウェアへの作業と等価なのだ」

「でも、この世はアナログだぜ。アナログ量は、デジタルだとどこまで行っても近似でしかないのではないか？　例えば、円周率を正確に数字で表すことはできないだろ」

丸鋸はちっちっちっちっと舌を鳴らしながら、指を一本立てて振った。「おまえは量子力学というものを知らないのか？　どんな物理量も無限の精度で測定することはできない。測定には限界があるのだ。円周の長さを正確に測ろうとしても、必ず限界がある」

「測定に限界があっても、円周率は間違いのない事実だ」

「測定できないのだから、ないと考えて差し支えない。俺の理論はプランク長以下のスケールは無視して構築されている」

「現にあるんだから、無視しちゃあ、駄目だろう」

「あってもなくても、それを観測する手段はない。だったら、ないとしても差し支えないのだ。もしプランク長以下のスケールになんらかの影響を与えるとしたなら、それはつまり観測可能ということだから、量子力学に反することになる」

「しかし、物理というものは……」

「わかった、論より証拠だ」丸鋸はごみの中から置き時計を引きずり出した。ばらばらとごみの山が崩れ、埃が舞う。「今から、この物体を未来に送る」

丸鋸は時計を定盤の上に投げ出した。

「時刻は一分後で充分だろう」丸鋸はキーボードに何かを打ち込んだ。

だが、ディスプレイがないので内容は確認できない。

「なんでディスプレイがないんだ？」わたしは訊いてみた。

「いいのが落ちてなかったんだ」丸鋸はしょんぼりと言った。「でも、ディスプレイは本質的に必要な装置ではないし……」

「コマンドを打ち間違えたりしないのか？」

「ああ。頭の中ではっきりしていれば、指とキーボードはあまり関係ないんだ」

「今、なんと言った？」鰒が聞き返す。

「俺の脳もこの世界のメモリ上に存在しているわけだから、頭の中に思い浮かべた時点で入力したも同然なんだ」

「わかった。先を続けてくれ」鰒は諦めたようだった。

「プログラムは完了した。次は出発のタイミングだが、これについてはこのリモコンのボタンを押せばいい」

「頭の中で押しては駄目なのか？」

「はっきりとした開始の意志を確認する必要があるんだ。そうしないとターイムマスィ——ンの作動が不安定になってしまう」丸鋸はポーズをとりながら、ボタンを押した。

どこからともなく、ぶーんという低周波音が流れてくる。ターイムマスィ——ンの作動音ということらしい。

「何も起こらないようだが？」鰒は皮肉っぽく言った。

「今起こっていることを説明しよう。俺が書いたプログラムが作動し、このターイムマスィーーーン内の時間の速度をそのままにして、外側の時間の速度を速くしている状態にある。それはつまり、われわれの主観から見れば、ターイムマスィーーーン内の時間だけが遅く進んでいることでもある」丸鋸はポーズをとった。

「だって、普通だぞ」碇が定盤の上の時計に手を伸ばそうとした。

「危ない!!」丸鋸は碇に体当たりして、そのまま突き飛ばした。

碇は粗大ごみの中に頭から突っ込んだ。土砂崩れが起き、碇はごみの中に埋まってしまった。

「ふう。危なかった」丸鋸は額の汗を手の甲で拭った。

「おまえが碇を危ない目に遭わせたように見えたんだが……」わたしは言った。

「碇はターイムマスィーーーン内の空間に手を突っ込もうとしたんだぞ」丸鋸はポーズをとった。

「それが拙いのか?」

「当たり前だ。手と胴体で時間の速度が変わってしまうんだぞ。例えば手の血流を胴体側から見ると、血管の中で凍りついたように見える。動脈の圧力は高まり、逆に静脈の圧力は減る。逆に手のほうから見ると、心臓から物凄い速度で、血液が送られてくることになる。神経パルスだってそうだ。胴体側から見れば、パルスは手の中で止まってしまうことになるが、手から見れば短時間に無数のパルスが送り込まれることになる。手の筋肉は制御不能になって、最悪の場合崩壊してしまうことだろう」

「でも、時間の流れが変わっているようには見えないぞ」

「よく見ろ。時計の針の動きだ。ほとんど止まっているように見えるだろ」

確かに時計の針は止まっているように見えた。だが、最初に針が動いていたかどうかなど誰も確認していなかった。

「それでも信用しないなら、これでどうだ」丸鋸は時計にターイムマスィ――ンの外から息を吹きかける動作をした。

時計は突然定盤の上から吹っ飛び、ターイムマスィ――ンから飛び出し、ごみの山に突っ込み、破壊された。

「どうだ。時間の流れの差によって俺の息が超音速のジェット気流になったんだ」

「見たか？　突然だったので、よくわからなかったんだが……」わたしは鰒に囁きかけた。

「俺も自信はない。何か仕掛けがあったのかもしれないが、肝心の時計が壊れてしまったので、調べるのは骨だ」鰒は残念そうに言った。

がらがらとごみが崩れる音がした。わたしと鰒が振り向くと、粗大ごみの下から碇が這い出してくるところだった。

「何かあったか？」碇は肩で息をしている。

「あったといえば、あったんだが……」

爆音がした。

「よし到着だ！」丸鋸が叫ぶ。

慌ててターイムマスィ――――ンの方を見るが、やはり変化はない。

「どう思う？」わたしは鰒と碇に尋ねた。

二人とも同時に首を振った。「ごみの山のどこかにスピーカーが隠してあるのかもしれない」

わたしは嬉《うれ》しそうにしている丸鋸に尋ねた。「で、これのどこがタイムパラドックスなんだ？」

「タイムパラドックス？　今のは単なるデモンストレーションに過ぎない。本物のパラドックス実験はこれからだ」丸鋸は時間服の中をごそごそと探って一通の封筒を取り出した。

「これからこれを過去に送る」

「なんだそれは？」

「手紙だ」

「誰へ送るんだ？」

「三十年前の自分へだ」

「何が書いてある？」

「将来、俺が進む道に関してだ」

「物理を専攻して、時間旅行理論を完成させるんだろ」

「それを思いとどまらせるんだ」

「なんだって？」

「未来世界では、行きすぎた動物愛護主義が横行し、肉や魚が食べられなくなり、多くの人々が苦しんでいる。この状況を打破するには、君の超頭脳をもってして、無尽蔵に食肉を作り続ける生体食肉工場を開発するしかない」

「そんなでたらめ信じるもんか」

「俺は純粋で責任感が強いから、絶対信じるに違いない」

「それで？」

「俺は物理ではなく、生物の研究者になる」

「で？」

「時間旅行理論は完成せず、ターイムマスィーーーンも作られない」丸鋸はポーズをとった。

「で？」

「ターイムマスィーーーンが作られなければ、俺がこの手紙を過去に送ることもなくなり、俺は最初の目標である物理学者を目指すことになる」丸鋸はポーズをとった。

「確かに、タイムパラドックスだ」わたしは一応納得しておくことにした。「今すぐ出発するのか？」

「ああ。だが、今回、俺は行かない。手紙だけを送るんだ」

「どうして、自分は行かないんだ？」

「戻ってきた時にみんなで口裏を合わせてタイムパラドックスはなかったということにされ

ないように、俺自身がここで一部始終を観察するんだ」丸鋸は手紙を定盤の上に載せ、キーボードにコマンドを打ち込み始めた。

「また、さっきみたいなことになるのか？」碇が尋ねる。

「さっきは未来に向けての旅行だったが、今度は過去に向かうことになる。同じ現象は発生しない」

「じゃあ、さっきと逆になるのか？　ターイムマスィーーーンの中だけ時間が速く流れるのか」碇はポーズをとった。

「おまえの理解力のなさにはほとほと呆れてしまう」丸鋸はいらだたしげに言った。「自分がターイムマスィーーーンに乗り込んで時間旅行することを考えてみろ」丸鋸はポーズをとった。「単に周りの時間の流れが遅くなったからといって、過去に行くことができるか？　未来に行くことはつまり、自分以外の全世界を早送りすることだ。過去に向かうには自分以外の全世界を巻き戻しすればいい」

「全世界を？」

「難しいことではない。さっきも言ったように、この世界はハードウェアのメモリ上の存在だと看做《みな》すことができる。世界を先に進める計算と元に戻す計算に必要な処理能力は同じでいい。もっとも計算時間はあまり関係ないけどね。たとえ一秒分の計算に百万年かかったとしても、この世界の中ではあくまで一秒なのだから」

「つまり、今までおまえが過去に向かった時、世界は逆に動いていたということか？」鰒が言った。

「そう。そして帰る時、世界は早送りされる」

わたしはその時、気がついた。

しかし、今それを指摘すべきだろうか？

よくできた話に傷を付ける無粋な結果になるのではないだろうか？

……しかし、万一、丸鋸が本当のことを言っているとしたら……

丸鋸はキーボードへの打ち込みを完了した。「よしこれで完璧だ。俺がこのボタンを押した瞬間にタイムパラドックスが完成する。それは人間の頭脳では理解できないほどの奇妙な現象だろうが、何かが起きていることは一目瞭然のはずだ。そして、おまえたちは今までのようにそれを無視することは絶対にできない。俺とともに、驚異の実験の目撃者となるのだ!!」丸鋸はスイッチに指を掛けた。

指摘するなら、今しかない。

「ええと。悪いんだけど、タイムパラドックスは発生しないと思うよ」

「なんだ？　いい加減な屁理屈で実験を中止させようというのなら……」

「そうじゃないんだ。タイムパラドックスというのは同じ時間軸の上で両立しない事象が発生するということだろう」

「まあ。正確ではないが、そんなところだ」

「おまえのシミュレーション理論が正しいとして、この世界の外からターイムマスィ――ンの動きを見るとこういうことになる」わたしはポーズをとった。「今、世界シミュレータはこの現在をシミュレートしている。未来が見たければ、シミュレーションの速度を上げればいいし、過去が見たければ、シミュレーションの進行を逆転すればいい」

「それは俺が何度も説明した」

「黙って聞いてくれ。過去に戻した時点で、シミュレーションに手を加える。これはつまり、歴史の改変に相当するわけだ。そして、シミュレーションを進めて、現在に到達すると、さっきとは別の状態になっている」

「それが目的だからな」

「しかし、さっきと違う状態になったからといって、それは不思議でもなんでもないんだ。なぜなら、シミュレーションの中では時間は戻ったかもしれないが、シミュレーションの外では、時間は相変わらず過去から未来へと進んでいるからだ」

「だから、それは外の世界の話であって」

「シミュレーションの中の視点では、シミュレーションのみが唯一の世界かもしれないが、シミュレーションの外の世界から見れば、シミュレーションもまたその世界の一部なんだ。その世界の物理法則に反する現象は起き得ない」

「何が言いたいんだ」碇もわたしの話が理解できないようだった。「丸鋸の話が本当にせよ、冗談にせよ、とにかくボタンを押すのが落ちなんだろ。そろそろ終わらせてもらわないと、困るんだ。俺も暇じゃない」

「碇の言うとおりだ。ごちゃごちゃ理屈を捏《こ》ねるよりは、早いとこ結果を見ようぜ」鰒も同調する。

「違うんだ。過去に戻ったと思ってもそれは本当の過去じゃない。過去のように思えても、それは時系列的に未来に存在するんだ。そして、そこから現在に戻ってもこの現在には到達しない。それは未来にある別の現在なんだ」

「机上の空論だ。シミュレーションの外の世界はわれわれには認識できない。だから、その世界の時間の流れを論じてもなんの意味もない」丸鋸はボタンを押す指に力を込めようとした。

「そう。確かに、シミュレーションの中にいる人間はシミュレーションの外の時間の流れは認識できない。だから、時間を戻すたびに、その世界の進化はその時点で終わり、ターイムマスィ――ンが過去に戻った時点から再出発することになるんだ」わたしはポーズをとった。

「つまり、主観的には、その時点から世界は別の時間軸にそって再進化を始めることになる」

丸鋸は欠伸をした。「もういいだろ。押すぞ」

碇と鰒は頷いた。

わたしは必死に説明を続けた。「言い換えると、ターイムマスィ――ンが過去に向けて出発した瞬間にその時間軸は消滅してしま

囚人の両刀論法

わたしは夢を見ているのか？

イデアルは思った。

それとも、もう死んでいるのか？

ぼんやりと目を開けると、
周囲にはふわふわとした生き物が集まっている。

イデアルにはそれが思春期の少女そっくりに見えた。

もし、わたしが死んでいるとしたら、ここは天国なのか？

それは朗報のように思えるが、まず真偽を確認しなくてはならない。

そもそもここは地球の天国なのか？　地球人はたとえ宇宙の果てで死んでも地球の天国につれて来られるのか？

あるいは、天国は宇宙のどこでも共通なのだろうか？

それもまた朗報のように思える。

とにかく確認しなければ話にならない。

「わたしはもう死んでいるのか？」イデアルは少女に見えるものたちに話し掛けた。

少女たちは互いに見つめ合い、そしてくすくす笑った。

いや。笑ったと断定するのはまだ早い。笑いに見えたのはあくまで地球基準が通用する場合だ。

「ここは天国で、君たちは天使なのか？」

少女の一人がイデアルに微笑みかけ、そして未知の言語で話し掛けた。

どうやら、ここは地球の天国ではないらしい。地球の天国なら、少なくとも言葉の問題は起こらないだろう。言葉がわからなくて苦労する天国なんてありえない。

「ここはどこの世界なのか？　わたしは地球から来た」

少女たちは困ったような顔をした。

すると、少女の中の一人が小さな装置を取り出し、操作を始めた。

そして、イデアルの顔を見つめ、ゆっくりと話し出した。

「初めまして、イデアル。わたしたちはあなたたちのいうアケルナル系人、もしくはアルファ・エリダニ系人です」

イデアルは驚いた。「君たちは我々の言語を理解しているのか？」

「いいえ。あなたにそのような錯覚を与えているだけです」

「テレパシーか？」

「それほど高度な事は行っていません。我々はあなたの船のコンピュータを解析し、言語データを取得しました。そして、我々の言語との対応関係を抽出し、我々が話す時にそれに対応する地球語の音声と口の形の映像を知覚させているのです。口の形の映像を見せているのは、音声と映像の乖離《かいり》からくる不自然さを解消するためです」

イデアルは納得した。「なるほど。その程度の事なら、地球の技術でも可能だ。ただ、異星文明との遭遇を経験していなかったため、そのような用途が必要とされなかったのだろう」

イデアルはふと気付いた。

「という事は、あなたがたが遭遇する異星文明はわたしが初めてではないという事だ」

少女は頷《うなず》いた。（この頷きは錯覚映像なのだろうか？　それとも、実際に行われているのだろうか？）「はい。我々が遭遇した文明はあなたがたの文明が最初ではありません」

「つまり、複数の……この銀河系には我々とあなたがた以外の文明も存在するということだ」

「それは文明の定義によりますね。現在、我々の活動範囲内に存在する文明はすでに我々の文明と一体化していると理解しています」

「つまり、それらの文明と平和的に融合を果たしたという事か？」

「その質問には極めて微妙な意味が含まれるため、正確な解答は難しいですが、概《おおむ》ねイエスと答えてよろしいでしょう」

「素晴らしい！」

「何がですか？」

「文明は共存できるんだ」

「それが不思議ですか？」

「不思議でもなんでもない。だけど、それが不思議ではないという事を証明するためにわたしは星々の海を越えたんだ」

「君の理論はどうも甘すぎるような気がするよ」ペンドラゴンは言った。

「甘い？　論理的には明確なつもりだが」イデアルはやや不服げに言った。

「しかし、君、これは古典的なゲーム理論のモデルだろ。確か『囚人の両刀理論《ジレンマ》』といわれる」

「古典的だからといって、無用とは限らない」

「このモデルは、全体最適と部分最適は一般的に一致しないという事を示すものだ」

「ああ。確かにそう言われているが、僕の理論では……」

「君のは理論ではなく、信仰の告白だよ」

「ええっ？」

「『囚人の両刀理論』はこういう話だったな。警官が共犯関係にある二人の犯人を逮捕する。

そして、二人をばらばらに尋問し、双方にこう言うんだ。
(一) 二人とも黙秘をしたら、二人とも懲役一年。
(二) 二人とも自白したら、二人とも懲役五年。
(三) どちらか一方が自白し、もう一方が黙秘する場合は、自白した方が釈放、黙秘した方が懲役二〇年。
　この場合、黙秘が協調戦略、自白が裏切り戦略という事になる」

「その理解は正しいよ。ただ、より反社会的な行為の方が協調的とされるので、囚人云々というのは例として不適切だがね」

「じゃあ、この二人は人権抑圧国家に反対するレジスタンスという事にしてもいい。これで倫理的な捩《ねじ》れは解消できるだろ?」

「まあ、完全に解消はできないが、それでよしとしよう」

「君の理論では、(一)が最も美しいので、協調戦略を採用すべきだというものだろう」

「単に美しいという事ではなく、実際に二人の受ける損害の和は最小になるんだ。合計で懲役二年だからね」

「しかし、君、自分の戦略は選択できるが、相手の戦略はどうしようもない訳だろ」

「どうしようもない訳じゃない。僕の理論によれば……」イデアルは自らの理論を説明しようとした。

「話の腰を折らないでくれ。相手の自由意志を尊重するなら、戦略を操作する事はできない。

これは同意するだろ」ペンドラゴンは脇道に逸れる事を許さなかった。

「まあ。それは同意せざるを得ないか」

「相手が協調戦略を採用するという確証がないのに、自分が協調戦略をとるのはリスクが高すぎるだろう。もし相手が裏切ったら、懲役二〇年だ。それに対し、こちらが裏切り戦略を選択していたら、仮に相手が裏切っても懲役五年で済む。こちらの方が合理的じゃないか」

「しかし、二人とも裏切り戦略をとれば、二人の損害の和は一〇年になってしまう。両者が協調戦略をとる方が望ましいのは明らかじゃないか」

「しかし、相手の戦略が選択できないんだ。自分一人の意志で（一）の状態にはできないんだ」

「だからこそ、相互の信頼が重要なんだよ」

「わかった。仮に僕と君にこのような事態が起こったとしよう。その場合、君は必ず協調戦略をとるんだろ」

「もちろんだ」イデアルは胸を張った。

「そして、僕もその事に確信があるとする」

「妥当な仮定だね」

「僕の選ぶべき戦略は何だろう？」

「もちろん協調戦略だ。二人の懲役の和を最小にできるからね。これが最も合理的だ」

「だが、僕は裏切り戦略を選択するんだ」

「なぜだ？　それは非合理的だよ」

「なぜなら、僕の懲役を最小——つまり、ゼロにできるからだよ」

「しかし、僕は懲役二〇年になる。二人の懲役の和は最大だよ。そんな選択は非合理的だと思わないか？」

「思わないよ」ペンドラゴンは平然と答えた。

「そんな事を言ってると、僕も裏切り戦略をとるかもしれないよ。それでもいいのかい？」

「もちろん、いいよ。君が裏切り戦略をとるのなら、僕も裏切らないと大変な事になる。君が裏切って、僕が協調したら、僕だけ懲役二〇年だ。こんな割に合わない事はない」

「仮に自分が釈放されても、仲間が懲役二〇年という結果になってもいいのかい？」

「その逆よりは遥かにいいよ」

「しかし、友達を裏切った事が他の仲間に知れたらどうだろう？　君は不利益を蒙《こうむ》るんじゃないか？」

「おい。その仮定はずるいだろ」

「ずるい？」

「『囚人の両刀理論』は双方の利得を懲役という数字で代表させたモデルだ。それに『友人の評判』といった別種の利得を追加するというなら、もはや別のモデルだ。そういう事なら、『友人間の悪評』が懲役何年分に相当するかを見積もって再評価しなくてはならなくなる」

　イデアルは冷や汗をかいた。「すまない。確かに新たな利得をこのモデルに持ち込むのはフェアじゃなかった」

「君は『全体の利得の総和』という概念を持って、（一）の双方とも協調戦略をとる事が最適解であると主張している。しかし、その理論には大きな欠陥が少なくとも二つある」

「二つ？」

「そう。一つは決定できるのは自分の戦略だけで、相手の戦略を制御する事はできないという事。つまり、自分が協調しても相手が裏切ったら、懲役は最大になってしまう。そんな危うい橋は渡れないだろう」

「それはさっき聞いたよ。でも、相互の信頼が確固たるものであれば……」

「もう一つは――こっちの方がさらに根源的かつ致命的だが――個人は全体の利得の総和などには関心がないという事。自分の利得のみに関心を持つなら、裏切る以外にあり得ない。これは賛同するだろ」

「しかし、社会全体の繁栄がなければ個人の幸せなどないだろ？」

「それは社会全体の繁栄が個人の幸福と正の相関を持っている場合の話だ。極端な話、社会全体の景気が悪化して自分だけが金持ちになるのと、社会全体の景気が良くなって自分だけ貧乏になるのとの二択なら大多数は前者を選ぶだろう」

「世の中には利己的な人間ばかりがいるのではない」

「ああ。もちろん世間には自分を顧みずに利他的な行動を起こす人はいる」

「君は彼らを馬鹿だと思うんだろうね」

「まさか、彼らはとても尊い人たちだよ。到底僕には真似できない」

「そんな事はない。人間は誰だって尊い心根を持っているんだよ」

「それは君の信仰だ。何の根拠もない」

自らの思想を全否定されたため、イデアルは思わず怒鳴りそうになってしまったが、なんとか自分を抑えた。

「君だって、利他的な行動は尊いと認めたじゃないか」

「確かに尊いよ。でも、それとこれとは別だ」

「利己的な――つまり裏切り戦略ばかりをとる個人からなる集団と、利他的な――つまり協調戦略ばかりをとる個人からなる集団とではどちらが住みやすいと思う？」

「もちろん後者だよ」

イデアルは笑みを見せた。「君がまともな見解を持っているようで、安心したよ」

「君はまだ何も証明していないよ」

「ああ。そこを突破すれば、後は簡単なんだ。利己的社会と利他的社会を較べると、後者の方が住みやすい。これは正しいんだね」

「そうだよ」

「では、どっちの方がより繁栄する社会になるだろう？」

「後者だ」

「これで証明終わりだ」

「ついていけない。解説してくれないか？」

「ああ。いいよ。つまり適者生存という事だ。利己的社会と利他的社会を比較すると、後者の方が繁栄できる。つまり、生存に適しているということだ。適者生存、つまり利己的な社会は淘汰される」

「だから？」

「自明だよ。すべての社会はいずれ利他的な社会へと進化するんだ」

「それは君の信仰だ」

「今、ちゃんと証明したじゃないか」イデアルはむっとした。

「君が証明したのは利己的な社会と利他的な社会が存在した場合、後者の方が生き残りやすいという事でしかない」

「それですべてを説明できると思うが……」

「あくまで、『全構成員が利己的な協調社会』と『全構成員が利他的な裏切り社会』とを比較した場合の話だろ。そんな純粋な状態が長続きすると思うか？　一つ思考実験をしてみよう。『全構成員が利他的な協調社会』に利己的な個人が侵入した場合、何が起こる？」

「まあ、一時的には利己的な個人が得をするだろうな。だが、たった一人では社会全体の傾向は変わらない」

「協調社会の中に少数の利己的な個人が存在した場合、彼は適者ということにならないだろうか？」

「今は、社会全体の話をしているのであって……」

「社会とは個人の集合体だ。さあ、僕の質問に答えてみせてくれ。協調社会の中の利己的な個人は適者ではないか？」

「まあ。ある種の適者と言えるかもしれないね」イデアルは渋々答えた。

「だとしたら、彼の戦略は継承され、社会の構成員の多くは利己的になってしまう。そういう事になるのだろ？」

「だけど、利己的な個人が増えすぎると、社会全体の競争力が低下してしまう。そうなると、利己的な個人にも不利益が発生する」

「そう。だから、利己的な個人の数は特定の割合に抑えられるんだ。つまり、大多数の利他的な人々を少数の利己的な個人が搾取するのが安定した社会なんだ」

「その考え方は虚無的すぎるんじゃないだろうか？」

「でも、多かれ少なかれ、現実の社会はそうなっているよ。過去において、人工的に不平等を解消しようとして、社会主義が取り入れられたが、その結果何が起こったか知ってるだろ？」ペンドラゴンは勝ち誇ったように言った。

「ああ。一部の人間に権力が集中してしまったことにより、かえって不平等が加速し、その殆どが壊滅してしまったんだろ。生き残ったのは競争原理を導入し、事実上社会主義の看板をはずしてしまった国家だけだった」イデアルは不服そうに言った。

「『看板をはずしてしまった』という表現は言い過ぎだ。委員会に目を付けられたくなかったら、『改革開放政策を導入した』ぐらいの表現が無難だ」ペンドラゴンは慌てて周りを見回した。「いずれにしても、社会において単純な協力原理が成立しないのは明らかだろう」

「しかし、それは人類がまだ未成熟なせいで……」

「人類が成熟すれば、すべてが解決するという証拠は？」

「証拠を挙げるまでもない。人類の理想はいつかは実現するはずだ」

「だから、それは君の信仰なんだよ」

「僕は宗教家ではない」

「でも、やっている事はそうだよ。いいかい？　地球の生態系をみてごらん。これは数十億年にも亘《わた》って進化を続けてきたシステムだよな」

「ああ。そうだと思う」イデアルは慎重に答えた。

「生命の一次生産者は植物だ。彼らは希薄な太陽光を集めて、エネルギー密度の高い化学物質に変えて蓄える。太陽光は概ね地球全体に降り注いでいるから、奪い合いは殆どない。もちろん小さな範囲で日光の当たり具合や土壌の養分を巡って植物同士の競争は起こっている訳だけど、とりあえずそれは無視できるとしよう。植物の世界は極端な簒奪《さんだつ》が起こらない穏やかな世界だ」

イデアルは頷いた。

「しかし、ここに動物が現れた。彼らは太陽光を集めて化学物質を生産したりはしない。それは非効率だからだ。彼らは植物から高エネルギー密度の化学物質を奪うことで生命を維持する」

「いや。植物と動物は共存関係にあるぞ。糞が肥料になったり、昆虫が受粉を促したり、種子を遠くに運んだり……」

「それは動物が存在する事を前提にした、どうせ搾取されるならできるだけ搾取者を利用しようという戦略だ。仮に動物が存在しないとしても、植物はうまく代替手段を見付けていただろう」

「つまり、君は、植物は被搾取者で、動物は搾取者だと言いたいのか？」

「もちろん、そこまで単純化はできないが、みんなが植物だけの世界なら、食い合いは発生しないのに、動物が現れた事で簒奪が行われる事になったのは事実だ」

「植物だって、寄生するものもいるし、食虫植物もいる」

「そういう事はこの議論の本質じゃないだろ」

　確かにその通りだ。

　イデアルは返す言葉を失った。

「しかし、動物ばかりの世界もあり得ない。植物がいなくなると、搾取する相手がいなくなり、動物も滅んでしまうからだ」ペンドラゴンは続けた。「かくして、大多数の被搾取者と少数の搾取者で世界は安定する。もちろん、この対応は草食動物と肉食動物の間でも成り立つ。つまり、この関係は階層化する傾向があるという事だ」

　人間の社会、地球の生態系。事実がすべてを証明しているというのか……。

いや。待てよ。

今の話にヒントがある。

「すまん、ペンドラゴン。議論の途中だが、用を思い出したんだ」イデアルは席を立った。

「ああ。もちろん問題ないよ、イデアル。もし、また自分の信仰を告白したくなったら、いつでも僕に言ってくれよ」ペンドラゴンは薄ら笑いを浮かべた。

「君たちのこの愛らしい姿はほんものなのか？」イデアルは少女に尋ねた。

「愛らしいですか？」

「君たちは我々の……地球人の若年形態に似ている」

「あなたは我々が意図的にあなた方の姿に似せたとお思いなのですね」

「そうでなければ似過ぎている」

「ところが、これは我々の本来の姿なのです。ヒューマノイドは銀河系ではそれほど珍しい形態ではないようです。もちろんそれ以外の形態も多数存在していますが」

「平行進化なのか？　それとも、なんらかの共通の起源を持っているのか？」

「その問題は極めて複雑なので、一言では説明しきれません。もちろん、あなたがこの事に関心をお持ちなのは理解できます」

「もし我々が同じ起源を持つのなら、我々にも可能なはずなんだ」

「何のことですか？」

「理想社会の建設だ」

「我々の世界が理想だとおっしゃるのですね」

「あなたがたの文明は思いやりを基本としている」

「この文明を築くためには長い年月を必要としました。すべての個人が協調的な行動をとる事で世界はとても住みやすくなる。この単純な思想をすべてのアケルナル人に浸透させる必要があったのです」

イデアルは頷いた。「地球でもこの原理を理解しようとしない人間が多かった。『利己的な人間は必ず存在する』とか、そういう理屈を唱えていた」

少女は笑った。「我々だって利己的ですよ。利己的だからこそ、協調的な戦略をとって、自分にとって住みよい社会を形成しているのです」

「そうだ。『利己的』『利他的』というのは、表層的な意味でしかなく、すべての人間が利他的な行動をとればそれはすなわち利己的にも満足されるわけだ。まさに『情けは人のためならず』だ」

「そのような諺《ことわざ》が存在するのですから、地球人も我々とそれほど隔たっている訳ではなさそうですが」

「アケルナル系にもそのような諺はあるのか？」

少女は首を振った。「いいえ」

「それはつまり、あなた方にはもはやそのような諺は必要ないからだ。地球にこの諺があるのは、それを実行することができる人間が少ないから」

「なるほど。それは納得のいく説明ですね」

「あなた方には想像もつかないだろう。アケルナル系は全員が協調戦略をとっているため、無駄なコストが必要ないが、地球では随分面倒が多い」

「例えばどういう事ですか？」

「地球では不正が行われないように常にチェックが行われている。全国民の間に互いへの信頼関係が構築されていれば、そのような手間はなくなる。この星には貨幣は存在しないだろ」

「ええ。製品やサービスを入手するのに、いちいちそのような媒介物を使用する事は効率的ではありませんからね」

「あなた方は自分が必要とするものはいつでも入手できる。例えば食べ物が欲しければいくらでも食べ物を、電気製品が欲しければ電気製品を、薬が欲しければ薬を、医療サービスを受ける必要があれば医療サービスを、すべて只で提供される」

「貨幣が存在しないので、『只』という概念も忘れられていますが、おっしゃっている事の意味は理解できます」

「我々には、このような事ができないのだ」

「しかし、地球人もわざわざ貨幣など使わずに只で製品やサービスを入手できる方が便利なのではないでしょうか？」

「もちろんだ。だが、我々にはとても実行できない」

「なぜですか？」

「只で製品やサービスを提供する事ができないからだ。我々が製品やサービスを他人に提供する時は必ず対価を要求する」

「なぜそんな必要があるのですか？」

「そうしないと、自分が必要とする製品やサービスを入手できないからだ」

「自分も無償で提供し、他人からも無償で提供してもらえれば、丸く収まるでしょう」

「もし只で製品が手に入るとなると、人々は働かなくなる。少なくとも、真面目には働かなくなる」

「しかし、みんなが真面目に働かなくなると、製品やサービスが滞ってしまうでしょ」

「そうだ。だから、貨幣経済を捨てる事ができないんだ」

「解決方法は簡単ですよ。みんなが真面目に働いて、必要な人に製品やサービスを無償で提供すればいいんです。そうすればみんなが幸せになります」

「だから、地球人の多くには、その単純な理屈が理解できないのだ」

少女は黙り、しばらくイデアルの顔を見詰めた。

「何か気に障ったか？」

「いいえ。あなたはたぶんアプローチの方法を間違っているのです。それに気付きました」

「間違っている？　わたしが？」

「はい。おそらく理屈では問題は解決しません」

「そんな……充分に理性が発達すれば、自ずと理想社会は実現すると思っていたのに……」

「あなたたちの知性はすでに充分発達しています。すべての個人が利他的な行動をすれば理想的な社会が実現する事は容易く理解できるはずです」

「そんなはずはない。もしそうなら、すでに我々もあなた方のような社会を実現しているはずだ」

「いいえ。そうはならないでしょう。なぜなら、地球人の多くはそのような理想社会を欲していないからです」

「いや。多くの人々は平和で豊かな社会を望んでいる」

「厳密に言うなら、その人たちは理想社会を求めているのではないのです。理想社会が実現した結果としての自らの幸福を求めているのです」

「同じことだ」

「最終目的が違うのですから、当然結果は異なります。理想社会実現が目的の場合、理想社会が実現した時点で目的は達成です。後はその社会を維持するだけです」

「それは当然だろう」

「しかし、自らの幸福が目的の場合はそうではありません。全員が協調戦略をとっている社会で一人だけが裏切り戦略をとった場合、彼はさらに幸福になります」

「そんな事をすれば社会的な制裁が待っているだろう」

「そのような制裁が有効に機能しているのなら、そもそもあなた方のいうところの『囚人の両刀理論』は成立しませんね。地球にはそのような制裁は存在しませんでしたか？」

「ある。刑事罰というものだ」

「それは有効に機能していなかったのですか？」

「ある程度は機能していた。だが、もちろんすり抜けるものもいたし、そもそも刑事罰に値しない合法的な裏切り戦略も存在した」

「みんなが自分の幸福を追求すれば、そのような結果になるのは当然です。むしろ論理的に正しい帰結と言えるでしょう」

「でも、あなた方はそのような不合理を克服したのだ」

「はい。尤《もっと》もそれが克服と言えるものかどうかはわかりませんが、我々は理想社会の崩壊を回避する方法を見出しました」

「それは我々にも――地球人類にも適用可能な手段だろうか？」

少女は優しく微笑んだ。「もちろん。我々はそう信じています」


「何事だ、イデアル？　急に研究室に呼び出したりして」ペンドラゴンは苛立たしげに言った。「会議で忙しいんだ。手短に頼むよ」

「解決方法が見付かったんだ。まずシミュレーションを見てくれ」イデアルは興奮して言った。

「ちょっと待ってくれ。いったい何の話だ？」

「この間の話さ。『囚人の両刀理論』」

「えっ？　ああ。あの話ね。あの話ならもういいよ」ペンドラゴンは興味を失ったようだった。

「いい訳がない。『囚人の両刀理論』は人類最大の未解決問題なんだから」

「未解決だって？　少しは自分で調べろよ。あの問題は大昔に解決されているよ。しっぺ返し戦略がその解答さ」

「しっぺ返し？」

「そう。つまり、報復だ。現実社会において『囚人の両刀理論』は一度きりで終わることはない。何度も何度も永久に繰り返すんだ。そのような『繰り返し囚人の両刀理論』では、しっぺ返し戦略が有効になる。相手が協調してきた場合はこちらも協調する。相手が裏切った場合はこちらも裏切る。自分がこのような戦略をとっていると他者に知らしめる事ができたなら、誰も裏切らなくなる。つまり、これが『繰り返し囚人の両刀理論』の答えなんだ」

「そんな事は知ってたよ」

「知ってた？　だったら、なぜいまさらシミュレーションを？」

「別にゲーム理論のシミュレーションを見せようというわけじゃない。まあ広い意味ではゲーム理論かもしれないけど。それに、しっぺ返し戦略は最適ではないんだ」

「おまえが発見したのか？」

「発見されたのは大昔さ。しっぺ返し戦略には大きな欠陥が二つある。まず一つは自分に報復する力がない場合だ。強い相手に裏切られた場合、こちらに報復する力がなければ搾取され続ける事になる。強国の要求に弱小国は逆らえないだろ」

「だから、各国は競って軍備を整えるんだ。自国に報復する力がある事を示すために」

「しかし、それでは駄目なんだ。弱肉強食は僕の理想とはかけ離れている」

「だから、前にも言ったが、それは君の信仰であって……」

「もう一つの欠陥は誤解の要素が組み込まれていないことだ」

「誤解？」

「相手が協調していたのに裏切られたと思う誤解。あるいは、裏切っていたのに協調していたと思う誤解。誰に裏切られたのかを間違ってしまう誤解」

「そんな誤解はめったにないだろ」

「本当に？　どんなに僅かでもこの誤解が存在する限り、しっぺ返し戦略は恐ろしい戦略になってしまう。ここにA国とB国があったとする。両国はしっぺ返し戦略を採用しており、良好な関係が続いていた。しかし、ある時一回だけ、誤解が生じた。両国とも協調していたにも拘《かか》わらず、A国はB国に裏切られたと誤解した。A国はB国に報復する。B国からすれば、A国による突然の裏切りだ。B国もまたA国に報復する。ここからは永久に報復合戦が続く事になる」

「そのような条件下でも最適な戦略は存在するはずだ」

「確かに、特定の制限をかければ、最適解は存在する。例えば、プレイヤーは全員短期記憶しか持たないとか。でも、そんなのは現実的じゃない。現実の世界では『囚人の両刀理論』は未解決のままなんだ」

「イデアル、君はそれを解決する戦略を発明したのか？」

「直接的に戦略を作った訳じゃない。言うなれば、メタ戦略だ。つまり、『囚人の両刀理論』が発生する状況そのものを無効化する戦略だ」

「そんなものがあれば誰かがとっくに実行してるだろ」

「まあ、僕の話を聞いてくれ。君の話がヒントになったんだから。以前、君は植物と動物の喩え話をしてくれたね」

「ああ。『囚人の両刀理論』の紛れもない実例だからな」

「動物は植物を搾取する戦略を選んだ。しかし、なぜそんな事をする必要があったんだろう？」

「自ら光合成をするより、他者が光合成した結果物を搾取する方が効率的だからだ」

「その通り。これは草食動物と肉食動物の関係にも言えるんだったね。じゃあ、この前提を崩せばいいんだ」

「意味がわからないんだが」

「もし植物を摂取するよりも光合成の方がより効率的だったら、動物は発生しただろうか？」

「それは哲学的な疑問のような気がするな」ペンドラゴンは狐につままれたような顔をした。

「確かに実証は難しいね。君の意見でいいから言ってみてくれないか？」

「極めて直感的な意見だが、そのような条件下では動物が発生しない可能性は高いと思う。もちろん動物の定義によるけど」

「仮に文明を持って、都市を作って恒星間飛行をしたとしても、食物をとらずに光合成をしていれば植物は植物だと考えるって事だね」

「まあ。そういう事だ」

「で、動物が発生しないのだから、当然肉食動物も発生しない」

「君にしてはかなり論理的な考察だと思う」ペンドラゴンは退屈しているようだった。「しかし、だからどうだというんだ？　今から地球を動物のいない状態まで戻してやりなおそうというのなら、僕は君の意見に賛同できないな」

「植物と動物の話はあくまで比喩だ。本題はここからだよ。『囚人の両刀理論』の原因は何だろう？」

「それがそういうルールだから」

「そう。そのルールが問題だ。ルールが崩れれば、『囚人の両刀理論』は消滅する。そうだね」

「それは自明だな」

「そのルールというのは『協調戦略より、裏切り戦略の方が利得が高い』という点に集約される」

「そういう事だ」

「だったら、そのルールを変えればいい」

「つまり、食物摂取よりも光合成の方が効率いいというように？」

イデアルは頷いた。「簡単な事だったんだ」

「人類は膨大な時間をかけてその課題に取り組んでいたんだけど、まだ解決していないところをみると、さほど簡単だとは思えないんだが」

「簡単さ。人間にとって利得とは何だろう？」

「さあ。経済的裕福さかな？」

「その通り、つまり資源だ。この場合、資源には物質もエネルギーも情報も含まれる」

「金で買えないようなものは資源とはいえないんじゃないか？　愛情とか、人徳とか」

「もちろん、そういうものは幸せの重要な要素だけれど、個人間で自由にやりとりできるもんじゃないから、そもそも『囚人の両刀理論』の対象にならないんだよ」

「つまり、君の理論というのは、協調戦略をとることによって、充分な資源が配分されるようにすれば、裏切り戦略をとるような人間はいなくなるって事か？」

「その通りだ」

「そううまくいくかな？　社会がどれだけ裕福になろうとも、犯罪や貧富の差はなくなっていない。人間の欲深さは果てしないから、もうこれで充分とはいかないんだ」

「そういう事ではないんだ。悪いことをしないようにたくさん資源を与えるという事ではなく、悪いことをしない方がより多くの資源を得られるんだ。光合成をしていれば、必要な栄養が蓄えられるのに、あえて食物を探し回ることで無駄なエネルギーを消費するというように」

「喩えでなく、実現可能な計画を示してくれ」

「だから、このシミュレーションを見てくれと言ったんだ」

目の前に恒星の映像が現れた。

「どこの恒星だ？」

「太陽だ。我々の」イデアルはコマンドを入力した。

太陽は縮小し、その周りにリングが現れた。

「これは？」ペンドラゴンは尋ねた。

「リングだ。この段階ではニーヴンのリングと言ってもいい」

「リングワールドは力学的に不安定だ」

「このリングは違うんだ」イデアルはコマンドを入力した。リングの内側にも外側にも光るガス状のものが現れた。

「表示していなかったが、この領域は濃密なプラズマに満たされている。そして、プラズマと太陽とリングは磁場によって相互作用している。もちろん磁場はリングが能動的に制御している。この作用により永久とは言わないが、そこそこの期間——一〇〇万年単位でリングは保たれる。もちろん、実際にはそれほど長期間リング形態の段階が存続するわけじゃないけどね」

リングはゆっくりと成長を始めた。ベルトの幅が太陽の南北軸に沿ってゆっくりと広がっていく。

「リングが成長している」

「もちろん、リングが最終形態ではないからね」

「ダイソン球にしようとしているのか？」

「ああ。そうだよ」

「不可能だ」

「理論的には可能だ」

「回転による遠心力を人工重力に使うつもりだろ」

「ああ。そうだよ」

「そのような力に耐える物質は存在しない」

「スクライスだ」

「何だって？」

「失礼。僕が設計したメタ物質の名前だ」

「魔法の産物か？」

「そんなものじゃない。メタ物質とはいっても、その基本構成因子であるメタ分子の大きさは数キロから数千万キロに及ぶから通常の概念の物質とはまるで違うものだ。たぶん巨大な機械にしか見えないだろう。メタ分子の構成はいろいろあるが、基本セットには帯電したマイクロブラックホールとモノポールと磁性流体と超伝導体それからナノマシン複合体とナノカーボン構造体が含まれる。力の伝達には原子間の相互作用ではなく、マイクロブラックホールが発生する電磁場と重力が使われる。重力の方は僅かにしか制御できないが、電磁場は周辺空間に充填する磁性体やモノポールの分布や運動量によって、かなりダイナミックに強弱や極性を制御できるんだ。引力も斥力も思いのままだ」

「それこそ安定して存在できないだろう」

「メンテナンスは内部に存在する自己複製型のナノマシンが行う。放射線感度の低い構造を用いることで不都合な変異はキャンセルできる。もちろん数億年も経てば突然変異も集積するだろうが」

「机上の空論だ」

「どのような人工物も最初は机上の空論だった」

「南北の縁が真っ直ぐではなく、ぎざぎざになって成長するのは意味があるのか?」

「これが最も安定だからだ。つまり、メタ分子が作る結晶のようなものと言えばわかるかな?」

「まるで両端が割れた卵の殻のようだ」

「過渡的な形状だけどね。ただ、これでも結構安定だよ」

「突っ込みどころ満載だが、まずは遠心力で重力を作るのはナンセンスだと指摘しておこう」

「どうすればいいと？」

「もっと小規模な回転装置を無数に作ればいい。強度も遥かに小さくてもよくなる。訳のわからないメタ物質も必要ない」

「駄目だ。この世界は無境界で解放され、しかも均一でなくてはならない。必要なテクノロジーが実現可能になるまでじっくり待てばいい」

「これが完成すれば人類の理想郷になると考えているのか？」

「そうだ。これこそが理想郷だ。完全に太陽を取り囲めば、太陽の発生するエネルギーをすべて利用することができる。太陽系内の物質は太陽そのもの以外は殆どが足元にあり、使いたい放題だ。そして、すべての情報はメタ物質を通じて全国民に共有される」

「つまり、他人を搾取するより、そこにあるものを使う方が遥かに楽だということか？」

「その通り」

「この世界を建設すれば、『囚人の両刀理論』は解消されると主張したい訳なのか？」

「おそらく、これが解の一つだろう」

「ハードルが多過ぎるな。テクノロジーの問題も当然だが、原材料の問題もある。マイクロブラックホールやモノポールをどこから調達する？　あと文化的な問題もある。これを創るためには、現状の社会システムの殆どを解体しなくてはならないだろう」

「殆どは時間が解決してくれる。ブラックホールやモノポールは恒星間空間を探せば見付かるだろう。いや。案外オールト雲に潜んでいるかもしれない。社会システムについて言うなら、何世紀も生き延びた国家や組織は殆ど存在しない。解体するまでもなく、消滅していくだろう」

「いいだろう。仮に君の主張を受け入れるとしよう。それで、君は何がしたいんだ、イデアル？　これが完成するのは何世紀か何十世紀の未来だろうに」

「人類はいずれこの世界を創造する。これは間違いない。しかし、それは遠い未来だ。僕はそれを少しでも早めたいんだ。仮に百年早めることができれば、その百年間に生まれた人間は全員が幸せになれる。だから、僕はこの構想を委員会に提案しようと思ってるんだ」

「正気か!?」ペンドラゴンの顔色が変わった。「委員会は今とても神経質になっている。先月大規模な集団不穏行動が摘発されたばかりだ」

「あれは誤解だろ。捕まった人たちはただ環境と人権の均衡を図るべきだと主張していたに過ぎない」

「しっ！　声が高い。委員会を批判するつもりか？」

「まさか」

「今、委員会は間違っていると言っていたぞ」

「いや。ただ、誤解が存在すると言っただけだ」

「委員会は誤解などしない」

「いや。それは変だ」

「変ではない」ペンドラゴンは真顔で言った。「これは友人として忠告する。委員会の無誤《むご》謬性《びゅうせい》は大前提だ。第一原理だ」

「それこそ君の言うところの信仰じゃないか」

「いいか。君のこの計画はとりようによっては、統治機構の存在を否定する思想とみなされるかもしれない」

「現状の統治機構を否定するものじゃない。ただ、この世界では人々は全く自由に暮らせるんだ。必要なものはいくらでも入手できるから、資源の配分のための統治機構は結果的に必要なくなるだろうけどね」

「もう一度助言する。この計画は君の端末の中だけに留めておくんだ。いや。できれば、端末からも消去すべきだと思うよ」

「僕が発表しなくても、いつか誰かが思いつくよ。これは歴史の必然なんだ」

「だったら、なおさら最初に発表するのが君でなくてもいい訳だ」

「ああ。僕でなくてもいい。だけど、僕であってもいいだろ」

「僕は警告した。心に留め置いて欲しい」

「ああ。覚えておくよ」


「それは非常に簡単な事でした」少女は言った。「なぜ個人は互いに協調せずに裏切りを行うのか、その原因を解消すればよかったのです」

「それは何だろうか？」

「幸福の追求です。人々は自らを幸福にしようとします」

「しかし、幸福の追求は当然の権利だ」

「我々もそう考えています」

「個々人が自分の幸福を追求すれば、どうしても裏切りが起こってしまう」

「なぜそう思われるのですか？」

「なぜなら、他人の幸福と自分の幸福は一般的に相反するからだ。もちろん、相反しない場合もあるが、究極的には資源の奪い合いに帰結する」

「自らの利益を追求するのは本能によるものです」

「その通りだ。食欲や性欲のような単純な欲求が脳の発達により拡大し、所有欲や権力欲へと変貌を遂げた」

「しかし、人類も常に自分だけの利益を求めるわけではありませんね」

「そう。愛に結び付けられた関係は別だ。家族愛や同胞愛などの影響力により、時に人は自分の利益より愛の対象の利益を優先する」

「そこにヒントがあります」

「愛の重要性については地球人も認識していた。しかし、無理なのだ。人は誰かを愛そうと思って愛せる訳ではない」

「個人がいくら意識改革を行おうとしても無理があります」

「そう。それはとてつもなく困難だろう。だが、前例がある。君たちは立派にやり遂げた」

「我々はそのようなだいそれた事をしてはおりません」

「それは謙遜だろう」

「謙遜ではなく、本当にそうなのです」

「しかし、自分より種族全体を愛するなどという事は並大抵の努力ではできないだろう」

「努力などではないのです」

「小さな時から地道に教育を積み重ねれば、努力を努力と感じないという事か。道は遠いかもしれないが、我々地球人にも希望が見えてきた」

「地球人にとってても遠い道ではありませんよ」

「我々は君たちほど成熟していないのだ」

「我々は本能の命ずるままに行動しているだけなのです」

「地球にも『心の欲するところに従って矩《のり》を超えず』という格言があるのだが、この境地にはなかなか……。ちょっと待ってくれ。確か、今『本能』と言ったのか？」

「そう申しました」

「あなた方が個よりも全を尊重するのは本能によるものだと言うのか？」

「そうです」

「あなた方の起源は群体生物なのか？」

「いいえ」

「そのような本能を自然に獲得できるとは思えない」

「もちろん自然にではありません。厳密に言うと、人工本能なのです」

「人工……本能？」

「本能というのは脳の中に最初から埋め込まれているプログラムのようなものです。それは一般的に消去する事も書き換える事もできません。しかし、我々は脳科学を発達させる事により、本能を後天的に書き換える事に成功したのです」

「つまり、あなた方が常に協調戦略をとるのは、理性によるものではなく、人工本能によるものだという事なのか？」

「その通りです。だから、我々は何一つ努力する必要がないのです。本能の赴くまま――欲望の赴くままに行動すれば、それがそのまま協調的な行動になるのです」

「ちょっと待ってくれ。少し混乱してきた」

「あなたが深く理解できるまで、いくらでも待ちましょう。必要なら、さらに説明を続けても構いません」

「その……わたしはあなた方が成熟した社会を構築したのだと思っていたのだ」

「ええ。そのつもりですよ」

「しかし、あなた方は自らの脳を弄《いじ》くり本能を壊して、この社会を実現した」

「そうでなければ、いまだに惨たらしい世界に住んでいた事でしょう」

「でも、それは本当の幸福なのか？　改造された脳が感じている偽りの幸福ではないのか？」

「はい。とても幸せです」

「あなた方は満足なのだな」

「幸福に偽りなどはありません。脳が幸福だと感ずれば幸福です。それが幸福の定義です」

イデアルはごくりと唾を飲み込んだ。

これが解答なのか？　自分が求めていたものはこれだったのか？

「幸福を目で見ることはできるのか？」

「はい」少女は髪の毛を掻き分けた。

頭蓋から突き出たその装置はきらきらと発光し、無数のダイヤルが回転していた。

「これがわたしたちの『幸福』です」

イデアルは思わず目を背けそうになったが、歯を食い縛って『幸福』を睨《にら》み付けた。

やはりこれだ。これが解だったのだ。

「あなた方の解答を……このテクノロジーを地球に届ける事はできるのだろうか？」

少女は微笑んだ。「はい。準備はすでに整っています。わたしたちはただあなたの決断を待っているだけです」

「わたしの決断？」

「あなたはわたしたちの知る唯一の地球人です。したがって、望むと望まざるとに拘らず、あなたを地球の代表とみなします」

「わたしにはその資格はない」

「選択の余地はありません」

「わたしは典型的な地球人ですらない。わたしはむしろ犯罪者に近いんだ」

「小さな差異は問題ありません。あなたはわたしより遥かに地球人でしょう」

「確かに、わたしはアケルナル系の誰よりも地球人だ」

「だから、あなたに決断を委ねます。地球に『幸福』を届けますか？」

イデアルは深呼吸をし、そして答えた。「地球に『幸福』を届けたい。今すぐ出発しよう」


「僕はできるだけの努力をした」ペンドラゴンは悲しげに言った。「八方手を尽くした。だけど、君を救う事はできなかったんだ。なんだって、あの馬鹿げたダイソン球の設計図を公表なんかしたんだ!?」

「僕を救うだって？」イデアルは目をぱちくりした。「それはまたどういう意味だい？」

「君は保護観察処分程度で済んでもおかしくなかったんだ。二四時間言動が観察され、そのすべてが記録される。それが一生続く程度だったのに」

「まるで、それの方がよかったみたいな言い方だね」

「当たり前だ。どこの物好きが保護観察より、宇宙の彼方に放り出される方を選ぶって言うんだい？」

「何も裸で放り出される訳じゃない。恒星間宇宙船と一緒だ」

「あれは宇宙船と呼べるようなしろものじゃない。冷凍貨物船だ。君を凍死体にして、一〇〇光年の彼方に運ぶための装置だ」

「ただの冷凍肉を大金掛けて一〇〇光年も運んだりするもんか」

「ああ。名目としては宇宙探査だ。だが、もう帰ってくることはできないんだから、死刑も同然だよ」

「帰ってこられないわけじゃない。計画通りなら、遥か未来には太陽系に戻ってくる」

「その太陽系は今の太陽系とは何の関係もない太陽系だ。別の世界に行っちまうも同然だ」

「別の世界ではないよ。この太陽系の延長線上にある世界だ。僕が蒔いた種が花開いているかもしれない未来世界だ」

「君は未来が見られるかもしれないという事で満足しているのか？」

「それだけじゃない。僕は他の惑星系を訪れる事が許されたんだ。そんな特権を持つ人間がどれだけいる？」

「特権ではなく、刑罰だよ」

「刑罰だとは言われなかった」

「更生のための社会貢献という事になっている。しかし、実質は厄介払いだ」

「では、僕と委員会、両者ともに望みを適《かな》える事になる。最善の選択だ」

「何十世紀の後、無事目覚める事ができると信じているのか？」ペンドラゴンの目は真っ赤だった。

「失敗の確率は一パーセント以下だと聞いたよ」

「そんなのは机上の空論だ。なにしろ、まだ誰も試していない。当たり前だ。試すのに何十世紀も掛かってしまう」

「大丈夫だよ」イデアルはペンドラゴンを元気付けようと肩を叩いた。「机上の空論なら、僕の得意分野だから」


「我々の船団はあなた方の太陽系に向けて数年後に出発します。あなたはどうされますか？」

「一緒に来るかという事か？」

「はい」

「宇宙船の形式は？」

「都市宇宙船です」

「君たちは地球に到達するまでの膨大な年月を生き延びる事ができる訳だ」

「あなただってできますよ。ちょっとしたナノテクノロジーの応用です」

イデアルは少しだけ考え込んだ。「わたしはできるだけ元の肉体のままで帰りたい。地球人でありたいんだ」

「ナノロボットを注入したからといって、人間でなくなる訳ではありませんよ。それに、地球人もあなたの時代のままの姿でいるとは限らないし」

「旅立った者と残った者と両方とも変わってしまったら、礎《いしずえ》がなくなってしまう。わたしは変わらずにいる」

「肉体を改善しないままだと、旅が終わる前に命が尽きてしまいます」

「来た時と同じ方法は使えないか？」

「冷凍保存ですか？　地球の技術はかなりお粗末なものでしたよ。全身の細胞の八〇パーセントが損傷を受けていました。クローン技術で修復しなければ、命はなかったでしょう」

「その話は詳しくは聞いてなかった」

「はい。一度にいろいろな情報を受けると、ショックを受けるだろうと推定して話さなかったのです」

「脳も損傷を受けていたのか？」

「はい」

「だとすると、わたしの人格はもはや以前のものではないのか？」

「放っておいても人格は日々変化します。脳内回路は常に書き換わっているのですから」

「わたしは意識の連続性の話をしているんだ」

「意識が不連続になる程の修復は必要ありませんでした。多少は失われた記憶があるでしょうが、それは日常生活でもあるレベルです」

「我々の技術より、損傷の少ない方法で冷凍できるか？」

「はい。ただ、そんな面倒な事をするぐらいなら、意識をデータ化するのはどうでしょうか？　太陽系に到着したら、新しい体に意識をダウンロードできますが」

「君たちはその方法に慣れているのかもしれないが、わたしがそれをすると今後の人生において哲学的な問題に悩まされ続ける事になる。やはり冷凍睡眠でお願いする」

「了解しました。大丈夫。炭素冷凍なら、何十世紀でも鮮度を保つことができますよ」


地球を出発してから惑星系を巡る旅は果てしなく続いていた。

イデアルは冷凍されたまま、宇宙船に積み込まれ、恒星間空間に送り込まれた。

ヴェガ、アークトゥルス、カストル、ポルックス……。

どこにも文明も、生命すらもなかった。

そこにあるのはただ凍りつく微惑星や、燃え上がる大気を持つホットジュピターや、連星間の磁気嵐に翻弄されるプラズマの海だった。

その度に、イデアルは絶望に打ちひしがれ、そして新たなる希望の火を無理やり燃やしては、冷凍装置に潜り込んだ。

目を覚ます度に、肉体は徐々に朽ちていった。

体のあちこちが少しずつ動かなくなり、感覚も欠損していった。

もはや目も見えず、耳も聞こえない。

暗闇と静寂の中、イデアルは手探りで、プログラムを修正し、何度目かの旅立ちをする。目的地アケルナル。

それが最後の旅となるという覚悟を持って。


目が覚めた。

そう。これはあの絶望に満ちた孤独な旅ではない。

多くの新たな仲間たちを伴《ともな》った凱旋なのだ。

起き上がる。

初めてアケルナル系で目覚めたあの時と同じ明るく柔らかい光に包まれている。

周囲を見回すと、美しい少女たちが見守っていてくれている。

「ありがとう。今回も素晴らしい目覚めだったよ」

「まもなく太陽系に到着します。ただ、あなたが凍っている間に、事態は変わりました」少女は深刻な調子で言った。

「何かトラブルが?」

「トラブルであるかどうかはまだわかりません。発端は、太陽系に近付くにつれ、太陽系の観測データに奇妙なエラーが目立つようになった事です」

「太陽系の観測データにだけ?」

「はい。他の恒星には見られませんでした。我々はデータを厳密に分析し、そこに偽装の後を発見しました」

「ちょっと待ってくれ。わたしはスパイじゃない」

「あなたがやったとは考えていません。観測後のデータを改竄《かいざん》したのではなく、恒星間空間を越えてくる電磁波そのものが加工されていたのです」


「そんな事が可能なのか？」

「充分なテクノロジーがあれば可能です。おそらく近隣の主だった恒星へ向けての電磁波にのみ細工していたのでしょう。それなら、それほど大規模な細工は必要ありませんから」

「しかし、何のためにそんな事を？」

「隠蔽です」

「隠蔽？」

「これが今の太陽系の真の姿です」

目の前にイデアルにとっては懐かしい光景が映し出された。

「なんてことだ……」イデアルはその光景に見入った。「卵の殻じゃないか」

「なんとおっしゃいました？」

「朗報だ。人類は『囚人の両刀理論』を克服したんだ」

少女たちの顔が曇った。

「どうしたんだ？」

「あなたの発言の真意を図りかねているのです。我々にわかっているのは、太陽系がかなりのテクノロジーを――少なくとも我々に匹敵する程のテクノロジーを保有している事だけです」

「地球……はもうなさそうだな……太陽系があなた方の脅威になると考えているのか？」

「彼らはこの事実を隠そうとしていました」

「他の文明に知られたくなかったのだろう」

「なぜですか？」

「他の文明の正体が不明だから、地球人類は静かにここで暮らしたいんだ。彼らは理想社会を建設した。資源の奪い合いは存在しない。争い事に巻き込まれないように息を潜めているんだ」

「充分な資源があるというのは本当でしょうか？」

「ああ。間違いない。なにしろあれを設計したのはわたしなんだから」

「あなたがあれを？　信じられません」

「まあ、基本アイデアはダイソンという古代の自然科学者のものだけどね」

「それほどの重要人物であるあなたがなぜ追放されたのですか？」

「追放？　いや。僕は探検旅行をしていただけだ」

「少し相談を行います」

少女たちの言葉がわからなくなった。表情も身振りも読み取れない。

イデアルはなすすべもなく、数時間待ち続けた。

「結論が出ました」少女が言った。「当初の計画通りに進めます」

「脳改造の必要はないと思う」イデアルは浮き浮きとしていた。「人類は別のアプローチで理想社会を実現したんだ。僕は人生の間に二つの理想社会に出会った。これが何を意味しているかわかるかい？　文明はいとも簡単に理想社会に到達するということだ。これはとても嬉《うれ》しい知らせだ」

「脳改造は必要だという結論に達しました」少女は強い調子で言った。

「だから、その必要はないんだよ」イデアルは戸惑いを隠さなかった。「あの世界では、裏切り戦略はありえないんだ。まあ、人類の側が受け入れるのなら、実行してもいいけどね。あの世界では脳改造してもしなくても特に何も変わらないだろうし」

「人類の同意は必要ありません。強制的に脳改造を実行します」

イデアルは我が耳を疑った。「翻訳装置がおかしいようだ。君たちが強制的に人類を改造するという意味になっていたよ」

「翻訳装置は正確です」少女は淡々と答えた。

「君たちから見れば、人類の脳は不完全かもしれない。だが、強制的に改造するのはやり過ぎだ」

「我々はアケルナル系人の利得を最大にする必要があります」

「なぜそんな必要が……。なるほど。そのような脳になっているんだったね。でも、これは地球人類の問題なんだ。改造するかどうかは人類が決めるべきだ」

「決定は我々が下します」

「待ってくれ。強制などしたら、大変な事になる。人類は抵抗するぞ。下手をしたら戦争になる」

「そのための準備はしてきました」

「冗談を言っているのか？」

「とりあえずはこの一〇二四隻の宇宙戦艦があれば片が付くでしょう。太陽系の正しい姿がわかっていたなら、もっと大規模な艦隊を編成してきたのですが」

「一〇二四隻の艦隊？　いつの間にそんな事になっていた？　わたしが眠っている間に？　わたしは騙されていたのか？　君たちは利他主義を根本とする理想社会を建設したのではないのか？」

「アケルナル系で過ごしている状態では区別できませんが、我々は絶対的な利他主義者ではありません。正確にはアケルナル文明至上主義です」

「そんな……。アケルナル系人以外に対しては、協調戦略をとらないという事か？」

「必ずしもとらないという事です。例えば、相手と戦力が対等であると判断したなら、しっぺ返し戦略をとる事もありえます」

「つまり、君たちが地球人類に施そうという改造は、純粋な利他主義者にするものではなく、アケルナル系文明至上主義者にしようとするものなのか？」

「その通りです。我々は他文明と接触する度にそのような処置をとってきました。ただし、脳改造が不可能な文明は壊滅させました。こうする事で、アケルナル系に対する顕在的・潜在的な脅威を除去する事が可能です」

「おまえたちは平和的に融合したと言ったぞ」

「戦争状態には至らなかったのです。我々は常に相手を圧倒しましたから」

「奴隷になるか、さもなければ死か、という事か？」

「そのような解釈は成立します。他文明の存在意義は知識や資源においてアケルナル文明に貢献する事にあります」

「冷静に考えるんだ。君たちの文明内の利他主義を銀河系内の全文明に拡張すればいい話だ」

「そんな理想を掲げていたら、利己的な文明と接触した瞬間に飲み込まれてしまいます。もちろん、銀河系をすべてアケルナル文明に統一できたなら、あなたの提案を考慮してもいいでしょう。ただし、そうなっても、他銀河との闘争は避けられませんが」

「いったいどんな理由で恒星間を越えてまで喧嘩を吹っかけてくるやつらがいるというんだ？」

「単なる征服欲、誤解、好奇心、純粋な悪意、純粋な善意。理由はいろいろと想定できます」

「机上の空論だ。そのような事例は一件もないだろう。恒星間戦争を仕掛けるような狂った文明は」

少女は微笑んだ。「少なくともここに一件の実例があります」

「やめてくれ！」イデアルは泣き崩れた。「もはや地球人類には戦う力は残ってない！　理想社会の中ですべての戦いを捨て平和を謳歌しているんだ！　見逃してくれ‼」

少女はイデアルの肩に優しく手を置いた。

彼らの生活は実質的には殆ど変わりません。ただ、「脳改造を拒否しなければ、危害は加えません。実行するようになるだけです。そうそう。ここの資源はアケルナル系文明に有利な事を自発的に我々がここで何をするかはまだ決定していませんが、必要とする分は接収し、残りを地球人類間で分けてもらいます。仮に不足した場合は、地球人類間で解決してください」

「我々がやっと手に入れたユートピアを奪わないでくれ」

「我々のユートピアのためです。それに我々が手を下さずとも遅かれ早かれ、他文明に発見され、同じような状況になっていた事でしょう」

「わたしには優しく接してくれたではないか」

「それはあなたが唯一の地球人のサンプルだからです。脳改造は容易でしたが、それにより貴重なデータが失われる危険があったので実行しなかったのです」

イデアルは立ち上がり、後ずさりした。「サンプルが多数手に入りそうだから、わたしの脳を改造する気か？」

「ここの地球人はあなたからすると遥か彼方の未来人です。あなたの独自性は依然として維持されています」

「研究材料として保護するというのか？」

「それだけではありません。わたしたちはあなたに愛着を覚えています。あなた一人を守ることはアケルナル文明の利益には抵触しない」

「あの世界をどうするつもりだ？」

「わたしたちは無用な争いを好みません。まず使節団を送り込み、交渉を行います。ただし、使節団は充分な戦力を保持しています」

「戦艦を丸ごと送り込むのか？」

「最大級の戦艦です。全長一五〇キロメートル。もちろん直接着陸はできません。百メートルから一キロ程度の小型艦艇を数百隻搭載しているので、あの不完全なダイソン球に接近した時点で放出します」

「それは交渉するものの態度とは思えないが」

「無用な争いを避けるためです。圧倒的な戦力を見せれば、即座に降伏するでしょう」

イデアルは項垂《うなだ》れた。「確かに、ユートピアの終焉の方が恒星間戦争より遥かにましだ」

「賢明な考え方です」

「あなた方もまた賢明であるべきだ。地球人類の自由と独立を守って欲しい」

「我々の脳はもはやそのような考えはできないのです」

「不完全なダイソン球の表面から一二〇機の宇宙機が発進してきました」別の少女が言った。

「小型艦艇を放出。戦闘態勢をとれ」

「その必要はない!」イデアルは懇願した。

「油断する事にメリットはない。少しでも不穏な動きがあれば、即座に攻撃を開始する。ダイソン球に対し、即座に武装解除するよう、宇宙機に対しては即座に停止するよう信号を送れ」

「返信はありません。宇宙機は速度を増しながら、使節団の巨大戦艦へ向かってきます」

「攻撃を開始せよ」

「待ってくれ。彼らはただ理解できないだけなんだ。すでに戦争という概念も持っていないかもしれない」イデアルは言った。

「我が軍の小型艦艇群と太陽系の宇宙機群が擦れ違いました」

「なぜ、攻撃を行わなかった?」少女が言った。

「原因は不明です」

「すぐに使節団に対し、問い合わせよ」

画像に強烈な閃光が走った。

「ああ」イデアルは両手で顔を押さえ、その場に蹲《うずくま》った。

少女たちは誰も声を出さなかった。

絶望に打ちひしがれたイデアルは徐々に顔を上げた。

現実を受け入れるんだ。わたしは両者の架け橋にならなければならない。それがわたしに与えられた運命だったのだ。悪いことだけではない。これで、太陽系側はアケルナル系の戦力を知ることとなった。もう二度と無謀な真似はしないだろう。

少女たちは呆然と映像を見続けていた。

イデアルは何事かと映像を見上げた。

そこにはアケルナルの小型艦艇群はなかった。急速に拡散していくプラズマの乱流の中を太陽系の宇宙機が突き進んでくる。

いや。あれは宇宙機なんかじゃない。あれは、まるで……。

「イデアル！　あれは何ですか!?　わたしたちを騙したのですか!?」

イデアルはただ黙って首を振った。

「小型艦艇群は全滅です。反撃の猶予はありませんでした」

「武器の種類は何か？」

「わかりません。ただ、大量のガンマ線バーストが検出されています」

「どういうことか？」

「わかりません。しかし、これほど素早く攻撃態勢が整えられるはずはありません」

「彼らは自らの惑星系に対して偽装処置をしていた。そして、これだけの戦力を蓄えていた」少女は震えていた。「彼らは知っていた。我々がやってくる事を……」

「大将軍！」少女たちの一人が言った。「彼が聞いています」

「翻訳停止」

再び少女たちの言葉は意味不明となり、表情も身振りも読み取れなくなった。

だが、もう彼女たちの言葉を知る必要はなかった。何が起こっているのかははっきりとわかった。

割れた卵の殻から発進したものは小型艦艇を壊滅させた後、使節団の乗る巨大戦艦に突入し、次の瞬間にはそれを輝くプラズマの雲に変えてしまっていた。

これは何だ？　太陽系に何が起こったのだ？　あれはわたしが設計した世界だ。だが、わたしの想定した目的とは全く違った使われ方をしている。

あれは人類が古代より追い求めていた理想郷のはずだ。エネルギーも物質も情報も必要なものはふんだんにある。あの世界で争い事など起こりえない。

だが、彼らは武器を使った。

イデアルは吐き気を覚えた。

あの世界には誰にだって必要なだけの資源がある。常に必要なだけの資源があるという事は常に資源が余っているという事だ。余った資源は何に使ってもいい。理想郷では誰もが自由であり、何も禁止されない。

もし有り余る資源を武器の開発に費やしたら？

イデアルは激しい後悔に襲われた。

わたしは人類の特性を見誤ったのか？

いや……。

アケルナル大帝国の存在を考慮するなら、これが間違いだとは言い切れない。むしろ、唯一の選択肢であったのかもしれない。

ダイソン球から飛び立ったものたちは速度を増し、アケルナル大艦隊に向けて突き進んでくる。

ダイソン球からはさらに数万単位のそれらが湧き出してくる。

それらの一つが拡大表示された。

それは宇宙機とは思えなかった。

では、これこそが囚人の両刀理論に対する人類の見出した解なのか？

その姿は、爬虫類にも昆虫にも、そして巨人のようにも見えた。

予《あらかじ》め決定されている明日

算盤玉《そろばんだま》を弾く爪がまた割れた。ケムロは思わず呻き声を上げてしまった。

左右の仲間たちは一瞬だけ手を止め、ちらりとケムロを一瞥したが、すぐに何もなかったかのようにまた算盤を弾き始めた。爪は付け根まで一文字に割れ、血が滲んでいる。何度も割れてぼろぼろになっているので、ひょっとしたらこのまま剝落《はくらく》して、二度と生えてこないかもしれない。そう思うと、無性に悲しくなって、涙がぽろぽろと溢れ出てくる。しずくとなって、爪の上に垂れる。いっそう痛みが際立った。ケムロは歯を食い縛る。そして、目の前に置かれた膨大な数字で埋め尽くされたメモを見て、溜め息をついた。そうしている間にも次々と新しいメモがケムロの前に積み上げられていく。

汚い字で書かれている上に何度も訂正が上書きされているため、判読が難しい。しかし、読みにくいからといって、ミスは許されない。たとえ、読みにくい文字のせいで計算間違いが発生したとしても、ミスの原因がケムロであると判定されてしまうこともあり得るのだ。

そんなことになったら、どんな罰を受けるかわからない。割り当て時間を増やされたり、食事の量を減らされるだけならまだましだが、最悪「借り」を追加されてしまうかもしれない。「電子計算機さえあればなあ……」呟《つぶや》いてしまった後、ケムロは慌てて口を塞いだ。ケムロが電子計算機のことを知っているのがばれたら一大事だ。

ケムロたち算盤人《そろばんびと》は算盤のスキルだけを身に付け、読み書きのスキルを身に付けることは禁じられている。だが、ケムロはこっそりと読み方を覚えてしまっていたのだ。最初は偶然だった。読み人《よびと》たちの会議の後、たまたま部屋を間違えて入ったケムロはテーブルの上に置き忘れられていたメモを見てしまったのだ。もちろん短いメモに読み方のすべてが書かれていたわけではない。しかし、人一倍数学的能力に秀でたケムロにとって、そのメモは充分なヒントになった。その日から膨大な年月をかけてケムロは徐々に解読を進めていった。ケムロに渡される数字、そしてそれを元にケムロが算盤を弾いて計算して次の担当に渡す数字、そして周囲の算盤人たちが書き散らすメモの山。それらの数字が少しずつ意味をなしてくるスリルにケムロは陶酔し、本来の仕事の能率が目に見えて落ちるまでにのめり込んだ。そして、ある時ケムロはついに気がついたのだ。自分たちがやっていることの意味に。それはとてつもなく、雄大な計画だった。そして、冒瀆的な計画でもあった。

ケムロたち算盤人に計画の内容を知らさないのはもっともなことだった。算盤人たちが計画の全貌を知らないのは、彼らが計画にとって取るに足りない存在であるからというわけではない。むしろ、彼らこそがこの計画の要《かなめ》なのだ。そして、要であるがゆえに計画を知ってはならないのだ。もし、算盤人が自らの行為の意味に気がついたら、その計算結果に手を加える誘惑に勝てなくなる公算が高い。そして、万が一そのようなことが行われたら最後、計画は台無しになってしまうことだろう。計画に必要な計算はあまりに膨大なため、そのすべてを把握することは不可能だ。もし誰かが自分の担当部分に非常に小さな誤差を紛れこませたら、それはその後の計算の中に持ち越されることになる。初めは小さな誤差かもしれないが、それはやがて少しずつ拡大されていく。そして、いつのまにか、誤差とは言えないほどにまでなってしまう。本来得られるべき結果と全く違う結果が得られてしまうのだ。そんなことになったら、なんのために膨大な人手をかけて、この計画を進めているのかわからなくなってしまう。

ケムロは密かに得ることができた知識で、計算結果をかなり正確に解読することができるようになっていた。そして、電子計算機の存在を知ったのだった。

電子計算機！　なんと素晴らしい発明だろう。ケムロはそのことを考えるだけで、いつもうっとりとなった。ああ。今ここに電子計算機さえあれば、この際限のない労働から解放されてどんなにさっぱりすることだろう。ケムロの頭の中はいつも夢の電子計算機のことでいっぱいだった。だから、さっきもつい「電子計算機さえあればなあ」などと口走ってしまったのだ。しかし、ケムロが電子計算機の知識を持っていることを知られるのは致命的なことだった。それは算盤人が決して知ってはいけない類の知識——計算結果の解読内容だからだ。

ケムロはかなり大きな声を出してしまった。きょろきょろと周囲を窺う。仲間たちはケムロの独り言に特に反応はしていなかったようだ。当然だ。彼らには「電子計算機」という単語の意味が理解できるはずがない。この言葉の意味を知るのは読み人と書き人だけだ。しかし、完全に安全というわけではもちろんない。単語の意味がわからなくても、発音を聞かれ、記憶された可能性はある。もし後で、誰かが書き人か読み人に質問すれば、ケムロの背任行為は明るみに出ることになるだろう。そして、最大級の罰を受けることになる。これからはもっと慎重にならなくてはならない。

そうはいっても、ケムロの能率は以前のようには高くならなかった。秘密裏に計算結果を解読することに加え、電子計算機を夢想することに仕事時間の大半が使われてしまっていたからだ。

そんなある日、ケムロは班長に呼び出された。

ケムロは絶望した。ついにこの時が来てしまったのだ。こっそり計算結果を解読していることがばれてしまったのだ。やはり「電子計算機」などと口走ってしまったのが拙《まず》かった。

ケムロは肩を落として、班長の前に出頭した。

「ケムロ、なぜ呼び出されたかはわかっているな」班長は高圧的な態度で言った。

ケムロはただ黙って俯いていた。

「黙っていてはわからん！　俺は呼び出された理由がわかるかどうか尋ねてるんだ!!」

ケムロは生唾を飲み込む。「……はい……」蚊の鳴くような声で答える。

「もっと大きな声で答えろ！」

「はい」

「もっと!!」

「はい!」

「もっと!!」

「はい!!」

班長はにやりと笑った。「今、おまえは自分が呼び出されたわけを知っていると言った。つまり、罪を認めたってことだ。怠業罪は重いぞ」

しまった。引っ掛けられた。しかし、怠業罪とは? 計算結果を解読していたことがばれたわけではないのか? ケムロは極度の緊張感から解放され、全身から力が抜けて、その場に倒れそうになった。

「なんだ、その気の抜けた顔は!?」班長はさらに声を荒らげる。「ここ七サイクルの間、おまえの計算量はそれ以前に比べて、八十パーセントも落ちている。徐々に落ちたのではなく、急激にだ。つまり、意図的な怠業を行ったということになる。これがどれほど大それたことかわかっているのか!?」

「はい。自分の行為の重大さは充分に認識しております」

「では、その罪の重さに見合った罰を与える」班長は手元の書類にペンを走らせた。「向こう四十サイクルの間、計算量の割り当てを三倍とする」

「えっ? 三倍ですか? 何かの間違いではないでしょうか? 怠業は過去七サイクルだけ

です。それでは、怠った分の十倍以上余計な仕事をこなさなければなりません」

「黙れ!!」班長は怒鳴りつけた。「おまえに文句を言う権利はない。怠業の罪とは十倍にして返さなければならないほど、重大なものなのだ!!」

ケムロはそれ以上、口答えをしなかった。本来はさらに大きな罪を犯していたのだから、この程度で済んで幸運だったとも言える。

「よし。わかったなら、すぐ仕事に戻れ」班長は項垂《うなだ》れるケムロを見て満足そうに言った。

仕事場に戻ったケムロは算盤を弾きながら考えた。確かに、計算結果を解読していたことはばれなかったが、四十サイクルの間、計算量を三倍にされるのは尋常なことではない。一サイクルの間にできる計算は今までの二倍が限度だ。つまり、一サイクル当たり一サイクル分の計算の遅滞が発生することになる。四十サイクルで四十サイクル分だ。そして、この四十サイクル分の遅滞は新たな怠業として、取り扱われることになる。四十サイクル分の怠業に対して与えられる罰は数百サイクル分に相当するだろう。計算ノルマは雪達磨式に増えてゆき、増えこそすれ決して減ることはない。このままでは一生休みなく働き続けなければならない。計算結果を解読していたことがばれなかったといって楽観している事態ではなかったのだ。

はて、どうしたものか？ ケムロは途方に暮れた。解決策はないように思われた。そんなものを探している間に少しでも計算を進めるべきなのかもしれない。しかし、それが徒労であることもまた明らかなのだ。完全に手詰まり状態だ。

ああ。今ほど電子計算機が欲しいと思ったことはない。

その瞬間、一つのアイデアが閃いた。そうだ。電子計算機だ。電子計算機さえあれば、この膨大な計算もあっと言う間に消化できるはずだ。しかし、どうやって？

ケムロは早速算盤を弾いてシミュレーションを始めた。そして、一サイクルが終わる頃、ようやく確信を得ることができた。大丈夫。うまくいくはずだ。しかし、こんなことが果たして一介の算盤人である自分に許されることだろうか？　一瞬の躊躇の後、深呼吸をすると、徐《おもむろ》に算盤を弾き始めた。ケムロは引き返せない領域に一歩足を踏み出したのだ。

諒子《りょうこ》は深く溜め息をついた。都会に就職できて、煩《うるさ》い親から解放されて自由な生活を満喫できると思っていたのに、どうしてこんなことになってしまったのだろうか？

まず、就職先が酷かった。一応、勤務時間は午前八時から午後五時となっていたが、勤務前に事業所内と周辺の清掃が義務づけられ、その上無闇に早朝に出てくる年長社員のお茶の準備、そして全員揃ってのラジオ体操があるため、事実上朝は六時半に出社しなくてはならなかった。夜は夜で次々と割り当てられる事務仕事を処理するだけで、午後十時を過ぎることも稀《まれ》ではなかった。それでも、まだ仕事は溜まっており、休日にも出勤しなくては追いつかない。明らかに、仕事量に比して人数が不足していたが、会社は社員を増やす気は全くないようだった。しかも、成果主義を導入しているとかで、残業手当ては全く出なかった。与えられた仕事を時間内にこなせないのは、その社員の責任ということらしい。社長の言い分では、商品の価格をぎりぎりまで下げているため、これ以上人件費を上げては儲けが出なくなるとのことだった。会社の存続と当座の給料とどちらが大事かと言われれば、諒子には返す言葉もなかった。諒子と同じ不満を持つ職場の同僚たちが団結すれば、なんとか打開策が見つかったのかもしれないが、職場の人間関係は悪く、とてもそのようなことは期待できなかった。役職者はすべて社長の身内であり、経営に反する動きが厳しく禁じられていたことも原因だったのかもしれない。

　古株の女性社員の一人は若い諒子に特に辛く当たった。諒子は決して美人ではなかった。そのせいか、あるいはあまり社交的でない性格のためか、この年になるまで男性にちやほやされた経験は全くなかった。だから、自分が別の女性から嫉妬されるなどということは想像だにしていなかった。しかし、その女性は自らの身に不愉快なことがあるたびに、その原因を諒子の態度に求め、激しく弾劾した。

　あなたは才能もないし、努力もしていない。それなのに、女を売り物にして、うまく世渡りをしようとしている。馬鹿な男たちは真の実力を見抜くことができず、あなたの若さばかりに目がいっている。そのおかげで、実力もあるし、多大な努力をしているわたしが割りを食っている。わたしはあなたより、ほんの少しだけ年上で、男に媚《こ》びるようなことは潔しとしない主義だ。そのために、本来受けるべき評価を受けられず、不当な扱いに甘んじなければならないのだ。何もかもあなたのせいだ、と。

　諒子にとって、それは全くの言い掛かりだった。確かに諒子は、彼女よりも十ばかり若かった。しかし、だからといって、男性社員に優遇された覚えはなかった。むしろ、容姿のことを揶揄《やゆ》されるのは諒子のほうが多かった。逆にその女性は気が強く、からかったら最後、酷く反撃されるため、かえって腫れ物に触るように扱われていた。だが、諒子より丁重に扱われていることに気づいたら気づいたで、嫌味なことをされていると思い、余計に諒子を批判し、細かなことで苛《いじ》められることになった。

各種手当てが出ないだけでなく、基本給も同年代の女性に較べて際立って低かった。本来なら、転職を考えるべきなのだが、都会に知り合いのいない諒子は新たな就職先を探すこともままならなかった。結局、諒子は収入源として夜のアルバイトを始めた。

会社で残業してからになるため、アルバイトの勤務時間は真夜中から明け方になる。睡眠時間は二、三時間にまで切り詰めなければならなかったが、諒子はなんとか頑張りぬいた。しかし、生来内気で客商売に向いていないところに、昼間の仕事で疲れ無口になっているため、諒子の評判は芳《かんば》しくなかった。店の経営者からは嫌味を言われ続けた。服装を派手にすれば、少しは雰囲気も明るくなるかと思い、無理を言って、給料を前借りして洋服を揃えた。だが、客はいっこうに寄り付かず、借金だけが残った。

時には、客が付くこともあった。そんな時、諒子は逃がしてはなるまいと懸命にすがりついた。進んで身を任せ、自分の責任で店の代金をつけにしてやることすらあった。客たちは最初喜んで諒子を指名する。しかし、そのうち、執拗に店に来ることを強要し、毎日のように電話を掛けてくる諒子に嫌気がさし、離れていくことになってしまう。そして、諒子にはさらなる借金と、身持ちの悪い女だという悪い噂ばかりが残された。

諒子はもう一度深い溜め息をついた。溜め息をついたからといって、どうなるわけでもないが。

部屋に照明器具はなかったので、ごみ捨て場から拾ってきたテレビを始終点《つ》けっぱなしにして、明かりの代わりにしていた。チューナーの具合が悪いのか、最近ではどのチャンネルも砂嵐状態になっていたが、消すことはなかった。

諒子はいつものように、項垂れ、頭を抱えて壁に凭《もた》れかかった。こうやって半分座ったまま眠るのが、習慣になっていた。日が昇る前に少しでも睡眠をとっておきたかった。

「……諒子さん……」

諒子は顔を上げた。誰かに名を呼ばれたような気がしたからだ。しかし、部屋の中には誰もいない。カーテンのない窓の外を見ても、都会の落ち着きのない夜景があるばかりだ。

気のせいかしら？　諒子は再び項垂れ、目を瞑《つむ》った。

「……諒子さん、起きてください……」

諒子はぎくりとした。微かだが、確かに自分を呼ぶ声が聞こえた。「誰？　誰かいるの？」

ストーカー！　諒子はそう直感した。ドアのすぐ外にいるのかしら？　絶対に中に入れてはいけないわ。ああ。わたし、鍵《かぎ》をちゃんと掛けていなかったかもしれない。

諒子は息を殺しながら、這うようにドアに近づき、ノブに手を掛けて確認しようとした。

思いのほか力が入ってしまい、かちりと音がして、ドアが開いてしまった。

「ひっ！」諒子の心臓は躍った。ストーカーと鉢合わせするのを覚悟した。だが、廊下には誰もいなかった。諒子は慌ててドアを閉め、鍵を掛ける。廊下にいないとすると、どこから声がしたのかしら？　やだ。まさか、天井裏じゃないでしょうね。

「……諒子さん、ここです……」声はテレビから聞こえてきた。

諒子はほっとした。どうやら、チューナーが断続的に機能を回復しているらしい。だから、途切れ途切れにテレビ番組の音声が聞こえるのだ。諒子は電源に手を伸ばした。

「あっ。まだ切らないでください」

諒子は慌てて手を引っ込める。まさかね。偶然よね。それとも、誰かが電波を使って、テレビから声を出しているのかしら？

「いったい、あなたは誰？」返事は期待していなかった。気の小さい自分を励ます冗談のつもりだった。

「わたしはケムロと言います」

諒子は腰を抜かした。「ど、どういうつもり？　こんな悪戯なんかして？」なんとか、声を絞り出す。

「悪戯ではありません。わたしは真剣です。どうか怖がらないでください」

「あなた、いったいどこから声を送っているの、ケムロさん」諒子は震えながら言った。

「どこかと言われると難しいですね。あなたのいる世界とは別の世界から通信を送っていると言えばいいのでしょうか？」

「他の惑星ってこと？　それとも、四次元の世界？　どっちにしても悪い冗談だわ。これ以上続けると、警察に……」

「警察に届けるのはあなたの勝手なので止めませんが、きっと後悔しますよ。相手にされるのは最初だけで、結局呆れられるのは目に見えています」ケムロは続けた。「諒子さん、あなた、仮想現実《ヴァーチャルリアリティー》はご存知ですか？」

「コンピュータの中に作られた架空の世界のことでしょ」

「計算量を増やせば増やすほど、仮想現実は現実に近づきます。ついには現実と全く区別できないぐらいまで。仮想世界の中に仮想の動物や人間や自然や社会が生まれたとしてもおかしくありません。その仮想世界の中の仮想人間は人格すら持っています」

「つまり、こういうこと？　コンピュータの中に仮想現実の世界があって、そこから何かの手段を使って、わたしに話しかけてるって。いくら何でもそんな話は信じ……」

「違います」ケムロは答えた。

「えっ？　違うの？」諒子は拍子抜けした。

「違います」

「じゃあ、どうして仮想現実の話なんかしたの？」

「あなたがわたしのいる世界について尋ねられたからです」

「ほら。やっぱり、自分は仮想世界にいるって言うんじゃない」

「違います。わたしは現実の世界に存在しています」

「だったら、ここと同じじゃないの」諒子は苛立ってきた。

「違います」ケムロは辛抱強く説明を続けた。「仮想世界の住人はわたしではなく、諒子さん、あなたなのです」

　しばしの沈黙の後、諒子は甲高い声で笑い出した。「何を言うかと思ったら……」諒子はテレビの上に息を吹きかけた。埃がもうもうと宙を舞う。「もしここが仮想世界だとしたら、これをどう説明するつもり？　埃なんかないはずでしょ」

「どうして、そんなこと思われたんですか？　仮想世界にだって、埃はありますよ。もっとも、埃の粒子一つ一つの軌跡を算出するのはそれはもう大変なことですけど」

「……わたしの故郷はここから何百キロも離れているのよ。そこまでにもたくさんの町や村があって、人が住んでいるわ」

「ええ。そうなんですよ。おかげで計算量が凄いことになっています」

「ああ言えばこう言う、ね」諒子は根負けした。「わかったわ。わたしはコンピュータの中の世界に住んでいて、あなたはコンピュータの外に住んでいるとしましょう。それで……」

「違います。あなたはコンピュータの中などにはいませんよ」

「ええええっ？」諒子は眉間《みけん》に皺をよせた。「いったい、いつまで逆らうつもりなの？　わたしが仮想世界に住んでいるって、ついさっきあなたが言ったのよ」

「はい。あなたがいるのは仮想世界の中です。でも、コンピュータの中ではありません」ケムロは淡々と話し続けた。「あなたのいる世界は算盤とメモ用紙の中にあるのです」

ケムロの話は途方もなかった。彼らは算盤を使って、全世界をシミュレートしているというのだ。諒子はそんなことをしている意味がわからないと言った。ケムロは、自分にも意味がわからない。わかっているのは、自分が計算をし続けなければならないことだ、と答えた。諒子はなぜコンピュータを使わないのかと尋ねた。ケムロは悲しそうに、こっちの世界には電子計算機がないのだと言った。そもそも電子が存在しないらしい。

「まったく電子なんて都合のいいものをよく思いついたもんですよ。目に見えないくせに、光ったり、熱くなったり、計算したり、通信できたり。まあ、現実にはそんなものありっこないですけどね」

ケムロは電子計算機の存在を盛んに羨ましがった。もし、それが現実にあれば、この世はパラダイスだ。ケムロはなんとかして電子計算機が使えないかと考え続けた。そして、ついに思いついたのだ。現実の世界で計算をしようとするから、算盤を使わなければならないのだ。もし、仮想世界で計算ができれば、電子計算機が使えるのではないか。ケムロは懸命にシミュレーションを行い、それが実際に可能であることを証明したのだった。算盤で計算した結果に意図的にずれを付け加える。これを慎重に繰り返せば、仮想世界に様々な現象を自由に起こすことができる。例えば、壁に文字を浮かび上がらせたり、ノイズを意味のある言葉に換えたり。これで、仮想世界の住人にメッセージを送ることができる。あとは計算しなければならないデータを仮想世界の住人に渡し、電子計算機で計算してもらい、答えを教えてもらうだけでいいのだ。

しかし、完璧に思えるこの計画には一つ大きな問題点があった。仮想世界への介入がばれることは絶対に避けなければならないという点だ。

それぞれの算盤人たちは、回ってきたメモ用紙に書かれた数字を、書き人が定めた物理法則に従ってワンステップだけ計算し、結果を少しずつ分散して他のすべての算盤人に回す。メモを回された算盤人は、また定められた物理法則に従ってワンステップだけ計算する。こうやって、ぐるぐると算盤人から算盤人へと計算結果が循環されていくにつれて、仮想世界の中の時間は少しずつ進行していく。このような手法を採用しているのは、一つの現象をすべての算盤人に分散させることで、計算ミスの偏《かたよ》りを解消させる意図があるのだろうが、逆に言えば一人の人間に全世界のデータが集まることにもなり、ケムロの企みのようなことが容易になってしまう。ある意味両刃の剣である。ケムロは背任行為の発覚をさけるため、周到に仮想世界の住民を品定めした。仮想世界の歴史にはほとんど何の影響も持たない人間が望ましい。本来なら、社会の片隅で誰にも注目されることなく生活し、そして死んでいく人間だ。

「じゃあ、わたしが選ばれたってことは、つまりわたしはこの世界にとっていてもいなくてもいい存在ってことなの？」諒子はむかっ腹が立った。「それって、随分失礼な言い草じゃない？」

「そんなことはありません。少なくともあなたは社会に害をなす存在ではないわけですから。社会に悪影響を与える人間は結構多いのです。よい影響を与える人間はほんの一握り、そしてさらに少ないのがあなたのように……」

「毒にも薬にもならない人間ってことね」諒子は忌々しげに言った。「わたしがどんな気分かわかる？　もしあなたの言ったことが本当なら、これから先もわたしの人生に成功はないってことになるのよ！」

「確かに、事業を起こしたり、政治家になったりすることはありません。しかし、罪を犯すこともないわけですから、考えようによっては幸せな人生かもしれませんよ」

「他人事だと思っていい加減なことを言わないでちょうだい。だいたい姿も見せないで、頼み事をするなんて失礼よ。今すぐあなたの姿を見せてよ」

「それは勘弁してください。こうしてあなたに声を届けるのにも大変な努力をしているのです。姿をお見せするためには気が遠くなるぐらいの計算が必要になります。何のために危険を冒してまでコンタクトをとっているかを考えると、本末転倒になってしまいます。それにやる気になったとしても正確な姿を見せることは難しいでしょう。何しろ次元が違う」

「やっぱりそっちは四次元なの？」

「いいえ。こっちはω次元です。そっちが三次元なのは計算を単純化するためでしょう」

「わたしに何をしろって言うの？」

「まず電子計算機——パソコンを買ってください。低価格モデルで結構です。必要な数値データはこちらから送りますから、あなたはただ計算ソフトに入力して、実行させるだけで結構です。それから計算結果はこっちで勝手に読み取ります」

「わたしには何のメリットもないみたいだけど？」

「申し訳ありませんが、あなたの運命を大幅に変えるようなことをするわけにはいかないのです。ただ、少し贅沢ができる程度のお礼はさせていただくつもりです」

「例えば？」

「ポケットを探ってください」

諒子がポケットに手を入れると、札束があった。「凄い。どこから持ってきたの？」

「どこかから持ってくるのは影響が大きすぎます。今、作ったのです。番号はすでに廃棄処分になっているものを再利用しました」

「じゃあ、これ贋札なの？」

「正真正銘の本物です」

「銀行預金の額も増やせる？」

「それは難しいですね。痕跡《こんせき》を残さずにデータを改竄するのは大変な労力を必要とします」

「宝くじの一等を当てさせて」

「あなたの買ったくじに合わせて当選番号を操作するのは簡単ですが、あまり高額だと波及効果が大きすぎます」

「じゃあ、これからも毎日ポケットにお金を入れておいてくれる？」

「毎日ですか？　それは困りましたね。たとえ少額であっても毎日続けるのはリスクが大きすぎますから……」

「じゃあ、一回でいいから一生遊んで暮らせるだけのお金をちょうだい」

「そんなことをしたら、社会への影響が無視できなくなってしまいます。……では、こうしましょう。今後あなたに降りかかる不幸をすべて帳消しにするというのは？」

諒子は考えた。パソコンを一台買うだけで、一生安泰に暮らせるというのなら、それもいいかもしれない。「わかったわ。それでいくわ。で、どうやるの？　面倒なことは全部消してくれるの？」

「そんな乱暴な真似はしません。不運が起こる前にそのことをお知らせします。それで大抵のことは避けられるはずです」

「今みたいに、テレビから声を出して教えてくれるの？」

「これはそう長くやっていられることではないのです。もっと短いメッセージをあなただけにわかるよう伝えます」

諒子がもっと細かい条件を付けようとした途端、出し抜けにテレビは消えてしまった。慌ててスイッチを入れると、もう砂嵐は現れず、通常の深夜番組が映し出される。今のは夢だったのかしら？　それとも本当のこと？　まあ、いいわ。明日、早速パソコンを買いにいってみよう。今さら、パソコン一台分の借金が増えたってどうってことないもの。

次の日、諒子は会社を休んで、パソコンを購入した。説明書を読みながら、うんうんと唸りなんとか立ち上げる。あとは計算用のデータを入力すればいいはずだ。部屋中を探し回った結果、それはダイレクトメールの封筒の中にあった。何枚もの広告の間にただただ数字が羅列している紙が紛れ込んでいた。諒子は震える手で、紙に書かれてあった数字を市販の計算ソフトに打ち込んでいく。そして、打ち込みが終わった後、実行ボタンを押した。数十秒間、ハードディスクは耳障りで小刻みな音を発し続けた。そして、計算終了の文字が現れた。あとはただ待つしかない。

自分に手渡されたメモ用紙を解読した時、ケムロは思わず歓声を上げそうになってしまった。成功したのだ。二サイクル前に他の算盤人に渡すメモ用紙に密かに混入させたデータが計算され、今、目の前に戻されてきている。これだけの計算を算盤でやったとしたら、百サイクルはかかっただろう。やはり、電子計算機は素晴らしい。これからは二度とあの苦労を味わうことはないのだ。

ケムロはそれから数サイクルですべてのノルマを達成した。あまった時間で計算結果の解読に興じる。他の算盤人たちにも教えてやろうと思うこともあった。みんなが算盤ではなく電子計算機を使えば、計算は随分と捗《はかど》る。おそらくこの方法を考え出したケムロは英雄扱いされるだろう。しかし、それと同時に人々の妬《ねた》みから迫害を受ける可能性もあった。熟考の末、ケムロは隠しておくことにした。なに、ばらそうと思えばいつだってできるさ。

ケムロは仮想世界を自由に覗き見ることができた。時には後ろめたい気分になることもあったが、仮想世界の住民には人権などないのだと自分に言い聞かす。彼らは算盤の玉とメモ用紙の中の存在なのだ。唯一、諒子だけがケムロの存在を知っていたが、ケムロは彼女に充分な見返りを与えた。

彼女が不幸な目に遭うような計算結果が出た場合、その結果を含めて彼女の運命を遡《さかのぼ》って破りすてるのだ。そうすれば、その不幸は彼女に訪れなかったことになる。そして、不幸を体験する前の彼女に災いを避けるヒントを簡単なサインにして送る。それはテレビの登場人物の何気ない台詞だったこともあるし、雑誌の記事に紛れ込んだ警句だったこともあるし、電話に混線する見知らぬ人物の会話であったこともある。最初にやったような思いきったことはもうできない。やっと摑んだ幸福の蔓なのだ。大事に使わなければならない。

そんなある日、ケムロは班長に呼び出された。最近の計算の素早さを誉められるのだろう、と鼻歌を歌いながら、班長の待つ部屋に入った。そこでは班長の他に何人もの書き人や読み人たちが椅子に座ってケムロを待ちかまえていた。

「ケムロ、われわれがなぜ君を呼び出したのかわかるかね？」老いた書き人はくぐもった声で言った。

ケムロは首を振った。

「君は大変な間違いを犯してしまったのだ」書き人は悲しげに言った。「君たち自身も気づいていないが、君たち算盤人は三つのグループに分けられているのだ。そのうち二つは大人数で残りの一つのグループは僅かな人数だ。そして、大人数の二つのグループは全く同じ計算をしている」

　ケムロの顔色が変わった。

「どんな計算であっても完全にミスをゼロにすることはできない。しかし、二つのグループに同じ計算をさせることによって、ミスの発生率をモニタすることができる。それが第三の小人数グループの役割だ。ここしばらく、二つのグループの計算結果の差異はどんどん拡大していった。そして、それは無視できる範囲を越えてしまった」

「そんな……」ケムロは項垂れた。「干渉は最小限にしたのに……」

「どんなに小さい干渉でも、一旦差異が生じたなら、それは予想が付かないほどにまで拡大する。君が干渉したほうの計算結果はすべて破棄することに決定した。今後は正しいほうの数値を写して再開する予定だ」

「ちょっと待ってください！」ケムロは必死で反論した。「なぜ、わたしがやったことが問題なんですか？　わたしは算盤の代わりに電子計算機を使えば遥かに効率的に計算が行えることを実証したんですよ」

「電子計算機はどこにも存在しない」

「いいえ。ちゃんとあります、この中に!!」ケムロはびっしりと数字が書き込まれているメモ用紙を掲げた。

「それは算盤で計算した結果のメモに過ぎない。電子計算機の内部の状態を計算しているのは君たち算盤人だ。つまり、全く労力は減ってはいないのだ」

「で、でもわたしは実際に大量の計算をこなしました」ケムロは呆然と言った。

「君が楽をした分、同じだけ誰かの計算量が増えていただけだ。いや、むしろプログラムの冗長性のため、さらに計算量は増えてしまったかもしれない」書き人は悲しげに答えた。

「わたしは……わたしは素晴らしい方法を見つけ出したと思っていたのに」ケムロはへなへなとその場に座り込んでしまった。

「君の犯した罪は到底償いきれるものではない」書き人は目を閉じた。「君は算盤人ではなくなる。そのかわり、書き人のグループに加わってもらう」

ケムロは顔を上げた。「では、わたしの罪は許されるのですか？」

「許すわけではない。あまりに大きすぎて償う方法がないのだ。だが、それを成し遂げた君の才能を埋もれさせておくのは、さらに大きな罪だろう」

ケムロは老いた書き人の足に接吻した。「ありがとうございます」

「礼を言う必要はない。わたしは君の罪を許したわけではないのだから。これからは身を捨てて、読み書きに励むのだ」

「一つ気掛かりなことがあります」ケムロは顔を曇らせる。「わたしが干渉したあの世界が消滅したならば、あの世界でのわたしの協力者であるあの女性も消滅することになってしまうのでしょうか？」

「君は大きな考え違いをしている。あの世界を創っているのはわれわれではないのだ」

「えっ？　しかし、われわれはあの世界を計算していました」

「計算することと創造することは違う。ケムロ、今、算盤を持っているかね？」

「はい」ケムロは懐から算盤を取り出した。

「算盤を使って、一から十までの整数をすべて足してみなさい」

計算するまでもなく答えはわかっていたが、ケムロは言われるままに算盤を弾いた。「答えは五十五です」

「その答えは君が算盤を弾くことによって、初めて生み出されたものだろうか？　それとも、最初からそうなることが決まっていたのだろうか？」

「もちろん、最初から決まっていました。算盤を弾く前から、わたしは答えが五十五になることを知っていましたから」

「君は円周率の一万桁目の数字を知っているか？」

「いいえ」

「では、計算で求めることはできるか？」

「はい。充分な時間さえあれば」

「その数字は君が計算して初めて存在するのだろうか？　それとも、計算する前にすでに存在しているのだろうか？」

ケムロは笑った。「計算のプロセスは予《あらかじ》め決まっているのですから、実際に計算したかどうかに拘らず、答えはすでに決まっています」そこまで言って、ケムロは自分の言葉に愕然とした。「答えは決まっているのです」

「その通り。実際に計算されようが、されまいが、問題が与えられた時、答えはすでに決まっているのだ。ただ、その答えが何であるか、われわれが知らないというだけだ。円周率は無限の桁数を持っている。算盤人は一定のプロセスを繰り返すことによって、その数字を何桁目であろうと、求めることができる。無知なものがその様子を見たら、算盤人が円周率を創り出しているのだと思うかもしれない。しかし、実際はそうではない。円周率は算盤が発明される遥か昔から存在し続けているのだ。算盤人はそれを創り出すのではなく、発見しているに過ぎない。ちょうど地中に埋まった化石を掘り当てるように」

「では、わたしが干渉したあの世界は……」

「われわれ書き人は世界の始まりを設定した。つまり、問題を示したわけだ。そして、君たち算盤人は仮定された法則に従ってその世界の未来の姿を計算していたのだ。君たちは世界を創造しているのではなく、ただ計算問題を解いていただけなのだ。計算しなければ、世界がどのような姿になっていくかという答えを知ることはできないが、計算によって答えが作られるのではない。問題が作られた時、答えはすでに存在している。世界が作られたなら、すでにその未来は存在しているのだ。君はわざと間違った数値を計算結果に混入させた。その結果、計算問題は変質してしまった。そう。君はわれわれ書き人が創ったのとは別の計算問題――世界を創り出してしまったのだ。そして、問題が創られると同時にその答えも存在を始める。もう一度言おう。もはや計算を続けるか続けないかに拘らず、君の創った世界は存在し続けるのだ」

ケムロは自分のしたことを理解して悲鳴をあげた。

テレビの中で男性俳優が言った。「君は最近働きすぎだね」

ケムロからの警告だ。明日は会社を休もう。有休はとっくに使い果たして欠勤が続いているが、気にすることはないだろう。なにしろケムロが休めと言っているんだから。

諒子はチャンネルを回す。歌番組だ。若い男性歌手が司会者と談笑している。そして、一瞬諒子の方を見て、すぐに目を逸らした。諒子は時計を見た。十時二十四分。つまり、一〇二四ということ。一〇二四は二を十個掛け合わせた数字。そして、二月十日はわたしの誕生日。間違いない。わたしへのサインだ。彼もきっと仲間なんだわ。ケムロは仲間がいるなんて言ってなかったけど、ちゃんとわかってしまったわ。すぐに連絡をとらなくっちゃ。秘密を共有する世界でたった二人の仲間。

諒子が手紙を出した次の日、別の番組で、その歌手は椅子に座って話しながら急に膝を組み替えた。ああ。読んでくれたのね。熱い涙が頰《ほお》を伝った。わたしは漸《ようや》く心を通わせる相手を見つけたのだわ。そして、それは彼も同じなのよ。可哀想《かわいそう》に、寂しかったでしょう。そうだわ。二人はパートナーなのだから、結婚しなくてはならないのよ。でも、彼はわたしより十歳も若い。うまく結婚生活を送ることができるかしら？　諒子はふけ塗《まみ》れでべとべとの髪の毛を掻《か》き毟《むし》った。大丈夫、自信を持つのよ。絶対にうまくいくはずだわ。なにしろ、ケムロがついているんだから。諒子は婚姻届に自分の名前を書き込んで、歌手の事務所に郵送した。

困ったことが起きた。別の若い男性タレントが諒子に目配せをしたのだ。時刻は八時三十一分。最初は何のことかわからなかったが、夜の八時は二十時だということに気づいたら、あとは簡単だった。その番組は五チャンネルで放送されている。二十を五で割れば、四になる。三十一は五で割れないので、そのまま四を加えると三十五だ。これは諒子を産んだ時の母の年齢だ。しかし、なぜそんなものを？　諒子ははっとした。これはプロポーズなのだ。今こそ、あなたが母となる時だ。そして、父親は自分だと。その男性タレントはあの男性歌手と同じ事務所に所属している。当然、諒子と歌手との関係を知っているはずだ。すでに歌手は婚姻届を出しているだろう。人妻だとわかっているのに、あなたはそんなにもわたしが欲しいの？　諒子は三日三晩悩んだ末、離婚届を認《したた》め歌手に郵送した。ごめんなさい。わたしは強引な男《ひと》に弱いのよ。彼がどんなにわたしを愛しているか、あなたも知っているでしょう。だから、お願い。

歌手がタレントに話し掛ける時、一瞬口籠《くちご》もった。やっぱり怒っているのだ。ひょっとしたら、離婚届は出してくれてないのかもしれない。厄介なことになった。わたしは三角関係に捲《ま》き込まれてしまった。結果的に二人の若い男を惑わせてしまった。このままでは、わたしを廻《めぐ》って二人に亀裂が入ってしまうかもしれない。いいえ。二人のわたしへの思いの深さを考えると、きっと刃傷沙汰《にんじょうざた》になってしまうわ。どうしよう？　諒子は不安のあまり、血が滲むまで自分の指を噛み締めた。助けて！　誰か、わたしを助けて！　叫んでから、諒子は気がついた。そして大声で笑い出した。何も心配することはないのだ。ケムロが何もかもお膳立てしてくれる。わたしはただケムロのメッセージを待てばいいのだった。コマーシャルの中で彼は手を広げていた。それは紛《まぎ》れもなく、諒子を受け入れるというサインだった。諒子は押入れの中から、穴のあいたボストンバッグを取り出すと、部屋に散乱するがらくたの中からいくつかを選び出し、詰め込み始めた。壊れた懐中電灯。電話帳。コンドーム。卒業写真。曲がったソノシート。カッターナイフ。瓶詰めの腐敗物。なぜそんなものが必要なのかは考えなくてもいい。ケムロが要るというからには要るに決まっているのだから。

　ぎっしりと詰まったボストンバッグを抱え、諒子は夜の街に出ていった。予め決定されている輝ける明日へ向かって。

解　説

書評家
酒井貞道

本格ミステリやハードSFの核心は何か？　意見は様々あるが、その主要要素（の一つ）がロジックだと主張しても、それほど強くは批判されまい。本格ミステリでは、真相が推理というロジックを通して明らかにされるし、ハードSFでは、作品の舞台や設定がサイエンスによってロジカルに計算されている。そして、両ジャンルともに、整合性のとれた美しいロジックが作品を見事に制御してこそ、傑作と称される資格を得るのである。また愛好者としての適性も、ロジック自体に興を感じられるか否かに拠るところが大きい。多少誇張気味に言えば、ロジックに快感を覚える人こそが、本格ミステリやハードSFのファンになり得る資格を有しているのではないだろうか。

しかし、ここで注意すべきなのは、ロジックによって律される世界が美しいものになるとは限らないということである。ロジック自体がいくら正確でも、それを操る人間が歪んでいたり、ロジックに従った行動が倫理や良識、常識を逸脱していたりすれば、作品世界は容易に歪む。ある物語は悲劇や惨劇に転じるだろうし、結末は皮肉なものになるかも知れない。あるいは全く逆に、登場人物が糞真面目にロジックを追求する姿が滑稽に見えて、傍から見ていたらコメディに映ることもあるだろう。

スマートなロジックが、スマートなばかりではない物語をもたらす。これは、ロジック（作品の構造）とアトモスフィア（作品の雰囲気）の乖離に他ならない。そして、小林泰三は、この乖離を実に上手く使う作家だ。

小林泰三は、ホラー、SF、ミステリと、様々なジャンルに挑んでいる作家だ。履歴を簡単にたどると、デビューは一九九五年で、「玩具修理者」によって第二回日本ホラー小説大賞短編賞を受賞してのことであった。これにより、読書家には、まずはグロテスクなホラー作家として認知された。その後、一九九八年に、抒情的であると同時に時間を扱ったハードSFでもある短篇「海を見る人」が第十回SFマガジン読者賞国内部門を獲得する。この作品を含む短篇集『海を見る人』は、質の高い物理ハードSFをズラリと並べた一冊となり、彼のことを「グロいホラーを得意とする人」と認識していた人々を心底驚かせた（情けない告白をすると、私もその一人だった）。二〇〇一年刊行の『AΩ（アルファ・オメガ）』は、ウルトラマンのような巨大化変身ヒーローに生物学的ハードSFの肉付けを施した意欲作で、SFファンの話題を呼んだ。そして二〇一一年の『天獄と地国』では、頭上に地面、足下に星空が広がる世界を舞台に、「空賊《パイレーツ》」の主人公が、逆の世界――つまり頭上に空、足下に地面がある、我々にとっては普通の世界——を追い求める物語を描き、見事に第四十三回星雲賞に輝く。ＳＦマガジン読者賞も星雲賞もファンの投票で決まることを考えると、この作家が日本ＳＦのファンの間で一定の地位を築いていることがうかがえる。今にして思えば、「玩具修理者」の時点から小林作品の世界考証が綿密だったことは明らかであった。何せ作品世界にはれっきとしたバックボーンが存在する。彼のホラーは、霊魂等のスピリチュアルな存在には依拠しておらず、クトゥルー神話や超科学など、比較的ＳＦ寄りの要素に基づいている。怪談ではなく、サイエンス・ホラーへの志向は当初から明らかだったのである。しかし『海を見る人』までは、私を含め多くの読者が、彼の作品に頻出するグロテスクなシーンに幻惑され、この志向は見逃がされがちだったように思う。

ミステリ方面では、今のところ華々しい受賞歴がない。ただしこれは、ミステリ・ファンに人気がないということを意味しない。単に、純粋なミステリ作品がＳＦ作品に比べると少ないという事由にもよる。肝心の評判は、私の知る限り上々だ。ミステリ短篇のみを収めた『モザイク事件帳』（文庫化の際に『大きな森の小さな密室』に改題）は、アクロバティックなロジック展開で好評だったし、作家歴の初期作品に当たる長篇『密室・殺人』もまた、不気味な雰囲気とは裏腹の緻密な構成で、本格ミステリ・マニアの注目を集めた。

さてこれらの履歴を見ていくと、小林泰三は作風が多岐にわたり、活動範囲も広いことがわかる。しかしそれ以上に重要なのは、硬質なロジックで貫かれた作品が大半を占めるという事実だ。しかもハードＳＦファンや本格ミステリ・ファンなど、小説内の論理的整合性にはうるさい読者に、高い評価を得ているのである。
そして一部例外を除けば、その大半の作品のアトモスフィアが、不穏・グロテスク・ユーモラス・アイロニカルのいずれかに該当する。美しいロジックとおかしなアトモスフィアのせめぎ合いこそ、作家・小林泰三の核心に他ならない。

結論から述べよう。この短篇集『見晴らしのいい密室』は、ロジックとアトモスフィアが乖離した作品を集成したものだ。話の骨格には必ずハードな論理があり、その論理を綿密に希求すればするほど、話はおかしなことになり、やがて、カタストロフが訪れる。まっすぐなロジックから生み出される、ねじれた展開と結末の数々が、読者を必ずや圧倒するだろう。
以下、各篇に触れていこう。

「見晴らしのいい密室」（初出：メディアファクトリー『SFバカ本　天然パラダイス篇』／二〇〇一年十一月。初出時タイトル「超限探偵Σ」を本短篇集収録時に改題）
密室殺人を扱った、二つのエピソードからなる作品だ。探偵Σ《シグマ》（仮名）は難事件を解明すること自体に喜びを見出すタイプの名探偵で、金銭欲や名誉欲が希薄なΣを語り手の「わたし」は歯がゆく思っている。そこに警部が現れて、Σに捜査協力を求める――と、話の建てつけは古典的だ。しかしΣの推理が、二つのエピソードいずれにおいても実に奇抜である。しかし同時に、極めて論理的なのだ。本格ミステリ・ファンならば、麻耶雄嵩を想起する人も多いだろう。ミステリにおける推理とは何かをも考えさせられる一篇。

「目を擦る女」（初出：《小説すばる》一九九九年十二月号）

本書の中では最もホラー寄りの作品。隣の部屋に引っ越してきた女が、この世界は自分が見ている夢だと主張する。本書のロジックは、登場人物が直接主張するのではなく、設定が非常に緻密に計算されている、という現れ方をする（これは『海を見る人』や『天獄と地国』にも共通）。作者によって設計された世界で、登場人物がどのような状況に陥るかをたっぷり堪能されたい。なお、グロテスクな心理や場面を書かせたら天下一品という、小林泰三のもう一つの特徴も遺憾なく発揮されている。

「探偵助手」（初出：《数学セミナー》二〇〇九年四月号）

シリアスな雰囲気のミステリである。人の心がある程度読める探偵助手が、先生と慕う探偵と共に、富豪の不審死を調べる。推理のロジックが堅牢で、ミステリとしての完成度は高い。伏線の張り方もきめ細かく、真相を知った後に再読すれば、この短篇がいかに精妙に作られているかがよくわかる。QR‐JAMの中に描かれたイラストの、何とも言えない風情も味わい深いが、読む前にパラパラめくって見るのは避けた方が良い。

「忘却の侵略」（初出：河出文庫『NOVA1』二〇〇九年十二月）

小林泰三作品は、どちらかと言えばドス黒い話が目立つし、ファンもそれに言及しがちだ。しかし実際には、ロジック追求から生じるおかしさが、「可笑しさ」に繋がる作例も多い。この「忘却の侵略」はその好例である。目に見えない怪物に襲撃されている緊迫した状況で、主人公たちは素っ頓狂な会話に勤しんでいる。そして、一番可笑しいのは、怪物の正体や対策の探り方はもちろん、脇筋であるはずの、恋愛絡みの会話すら極端にロジカルであるということだ。幕切れも洒落ている。

「未公開実験」（初出：ハヤカワ文庫JA『目を擦る女』二〇〇三年九月）

これも会話主体で進行する作品である。目的を明かされぬまま、丸鋸遁吉に呼び集められた「わたし」たち三名は、丸鋸を待つ間、近況報告がてら情報交換をし、丸鋸が良からぬことに関わっているのではないかと疑う。そんな彼らの前に、宇宙服を着た男が現れる。なぜか彼はむやみに怒っていた。その後、時間移動とタイムパラドックスが、四名の登場人物の間で丁々発止と、ロジカルに議論されていく。内容はかなりハードSFしているが、決して固いだけのディベートではなく、「忘却の侵略」以上にギャグがちりばめられており、誰もが楽しく読めるはずだ。しかし、本作のアトモスフィアのおかしさは、「可笑しさ」に限定されているわけではない。それどころか、ゾッとするような感覚に襲われる瞬間すらある。これがどういうことかは……実際に読んでいただく他ないだろう。

「囚人の両刀論法」（初出：《ＳＦマガジン》二〇一〇年二月号）

遠未来の宇宙空間で、人間のイデアルはアケルナル系の異星知性体に拾われ、彼らの善良な思想と理想的な社会に感銘を受ける。それが語られるパートの傍らで、過去、イデアルが地球で何をしたかを描くパートが並行する。利他か利己か、協調か裏切りか、そしてそれらを追求するには何が為されるかを、徹底的にロジカルに突き詰める作品である。二つのパートいずれも、やがて奇妙な展開を見せ始めるのが実に小林泰三らしい。宇宙的スケールで語られる、壮大な文明論は、本書の白眉である。幕切れも印象的だ（もちろん、どういう幕切れかはここには書かないが）。

「予《あらかじ》め決定されている明日」（初出：《小説すばる》二〇〇一年八月号）

世界を計算する作業の一端を担う算盤人のケムロは、自らの担当分の効率化をもくろみ、禁じられている電子計算機の使用を考え始め、あることを思い付く。一方、才能もなく努力もしないつまらない毎日を送っているＯＬの諒子は、テレビを通してケムロから連絡される。諒子がいる世界は、ケムロらによって計算されている仮想世界であるというのだ。そして諒子はケムロから、取引を持ちかけられる。この短篇において、作品世界の設定が巧緻であると同時に、登場人物の行動の論理的帰結が恐るべき結果をもたらすという、小林泰三の作風を特徴づける要素がほぼ全て出揃った、本書の掉尾を飾るに相応しい作品である。

このように、『見晴らしのいい密室』には、ロジックとアトモスフィアの乖離を実作で上手く活用した、お手本のような作品が揃っている。しかも、並べ方までよく計算されているのである。

最初の「見晴らしのいい密室」では、作中でロジックを手繰るのは、実質的には探偵Σ《シグマ》一人であった。つまりロジックも、それを手繰る主体も一つ、しかも作中ではそれが唯一無二、絶対的に君臨していた。続く「目を擦る女」は、ロジックとその操作主体は同時に一つしか存在しないが、オルタナティブではあった。「探偵助手」ではさらに一歩進み、推理主体が同時に複数存在しているけれども、互いのロジックの正当性は争われず、いわば複数のロジックが共存している状態に落ち着く。一方「忘却の侵略」では、ロジックによる侵略が描かれており、ロジックの操作主体は複数であると共に、お互いを否定しようと対立する。「未公開実験」は、ディベートが繰り広げられることに端的に現れているように、ロジックの操作主体は「忘却の侵略」よりも増え、主体同士の関係も対立的である。「囚人の両刀論法」は、操作主体の頭数こそ減っているが、対立のスケールは極大化しており、テーマも文明にとってより根本的なものになるなど、作品の持つ重力が強くなっている。そして最後の「予め決定されている明日」は、ロジックが作品世界の設定と登場人物の言動双方にかかわり、おまけにそのロジックが、現実の認識を揺さぶってくるのだ。

つまりロジックの使い方は、後に配置された作品ほど高度化する。この順序は確実に故意だ。各篇が初出の順番とは無関係に並べられていることが、一つの傍証となるだろう。また

「予め決定されている明日」の、登場人物のみならず読者も射程に入れる勢いでロジックが現実を揺さぶるオチは、登場人物に対して前六篇のロジックがしてきたことを踏まえた読者に、より一層効果を発揮するように思われる。この意味でも、短篇集の配列は見事なものである。

そろそろまとめよう。本短篇集には、小林泰三の個性がこれ以上ないぐらいはっきりと刻印された作品がずらりと並ぶ。一人の作家の作風全体を俯瞰できる点で、『見晴らしのいい密室』は、まさしく見晴らしがいい。しかも配列が上手く、収録作は、後になればなるほど高揚していくのだ。

本書は、小林泰三をまだ読んだことがない人には、入門書として最適ということになるだろう。そして、既に小林泰三のファンになっており、収録作品をどこかで読んだことがある人に対しても、この作品配列の妙は強くアピールする。初心者もマニアも、小林泰三が丹念に練り上げたロジックとアトモスフィアに、たっぷり浸っていただきたい。

本書は、二〇〇三年九月にハヤカワ文庫JAより刊行された短篇集『目を擦る女』のうち「脳喰い」「空からの風が止む時」「刻印」の三篇を、「探偵助手」「忘却の侵略」「囚人の両刀論法」と入れ替えて再構成したものです。

本書収録短篇「探偵助手」に使用されているQR－JAMは、作成を産業技術総合研究所の萩原学氏が、本文を小林泰三氏が、イラストを平野美子氏および萩原学氏が担当しました。

著者略歴　1962年京都府生，大阪大学卒，作家　著書『海を見る人』『天体の回転について』『天獄と地国』（以上早川書房刊）『玩具修理者』『AΩ（アルファ・オメガ）』『大きな森の小さな密室』『完全・犯罪』他

HM=Hayakawa Mystery
SF=Science Fiction
JA=Japanese Author
NV=Novel
NF=Nonfiction
FT=Fantasy

見晴《みは》らしのいい密室《みつしつ》

〈JA1105〉

二〇一三年三月二十五日　発行
二〇一三年六月　十五日　二刷

（定価はカバーに表示してあります）

著者　小《こ》林《ばやし》泰《やす》三《み》
発行者　早川　浩
印刷者　草刈龍平
発行所　株式会社　早川書房

郵便番号　一〇一‐〇〇四六
東京都千代田区神田多町二ノ二
電話　〇三‐三二五二‐三一一一（大代表）
振替　〇〇一六〇‐三‐四七七九九
http://www.hayakawa-online.co.jp

乱丁・落丁本は小社制作部宛お送り下さい。
送料小社負担にてお取りかえいたします。

印刷・中央精版印刷株式会社　製本・株式会社フォーネット社

ISBN978-4-15-031105-6 C0193

本書は活字が大きく読みやすい〈トールサイズ〉です。